中年少女的祈禱

海德薇——著

感動推薦

小說的可信度，得力於深入的田調。其可貴之處，讓我們在廢棄垃圾的縫隙中，窺見那偶爾閃耀的人性之光。

——李志薔　導演、義守大學電影與電視學系副教授

我是在文學獎評審時看到這部作品，但在後來的時光裡，我卻常常有一種它是一部電影或電視劇的錯覺。因為它的影像感強烈，戲劇衝突飽滿，你甚至可以聞到故事裡的味道。我無比期待有一天它能影像化，但在那之前，推薦大家先看看這部小說。

——許榮哲　華語首席故事教練

本書描述了清潔隊員在家中生活的點滴過程，總是令人動容與感動。請記得在清倒垃圾之餘，別忘了向這群幕後英雄英雌說聲謝謝。

——陳世偉　桃園市政府環境保護局局長

推薦序　那些垃圾車載不走的故事——

劉芷妤　小說家

這本書，實在非常「海德薇」——這是我在閱讀時，腦中不時冒出的念頭。

台灣厲害的小說家不少，而且個個都有強烈特色，而海德薇的作品特色則絕對是「不」強烈，幾乎無一例外地都從滿懷溫柔深情出發，並透過節制冷靜的目光，使得故事抵達讀者心中時，總有一種恰到好處的輕暖熨貼，而《中年少女的祈禱》則充分體現了這個平衡的特色，如夏日的徐風，冬日的暖陽，以及一部讓你追完後仰躺在沙發上，聽著片尾曲滿足地嘆息的影集。

是的，海德薇作品的另一個特色，就是擁有強大的畫面感，甚至連嗅覺與味覺都拿捏得極其準確，順著文字流動，幾乎可以看得出運鏡，加上人物塑造鮮明，每一句對白都體現著角色的個人特質與當下處境，情境與對話自然交融，讓讀者不知不覺便將自己嵌入故事中，若再與這部職人小說描寫的台灣清潔隊員搭配，那麼〈少女的祈禱〉與〈給愛麗絲〉兩首曲子，則絕對是不可或缺的影集配樂。

《中年少女的祈禱》從一個失婚婦女在十年全職主婦生活後，必須找到一份穩定工作以爭取兒子的監護權開始，以她手上的籌碼與家庭背景，她很自然地選擇了報考清潔隊員這條路，並在考取後主動選擇了晚班，也就是較之早班更為辛苦繁雜的時段。就這樣，主角勤芬帶著讀者一起搭上垃圾車穿梭大街小巷，在不同社區停靠時，為讀者從模糊到清晰地描摹出所有我們以為是日常因此忽略的種種：提著垃圾袋在路邊等候的那一張張臉龐，看似面無表情，卻累積了屬於各自生活中的疲憊；而透過半透明垃圾袋、沒綁緊的袋口或資源回收物之中隱約顯現的生活訊息，都可能是來自一個幸福家庭的缺角，一個孤寂心靈的無聲求救，甚至是導致垃圾車爆炸的警訊。

海德薇筆下的角色姿態各異，單是清潔隊員就有早班晚班、司機隊員、資源回收車與一般垃圾車之分，更別說一個社區裡各有不同來頭與心事的萬千面孔，這些角色得在垃圾車經過而民眾一湧而上扔擲垃圾包的瞬間產生有意義的交集，還得在〈少女的祈禱〉音樂以外的時間各自長出飽滿的人生，以不同故事線將台灣人熟悉的日常編織得針針入心，這樣的作品要化繁為簡、編織得宜並不簡單，全仰賴悉心扎實的田調與她獨有的冷暖平衡觀察力，而這也是我最喜歡的部分：自底層出發卻不訴求悲情的視角，讓勤芬這個角色雖有面對現實的無奈，卻擁有足夠的能動力，不僅讓自己的人生往前推進，同時帶著她所遇到的每個角色往前走，勤芬的每一步，都帶著所謂「非常海德薇」的那種輕快，充滿彈跳力，絕非彷彿被現實腳鐐困住那樣沉重的腳步。

由溫情出發的冷靜視角，加以影視化的故事節奏，讓海德薇能在這個不走悲情路線的故事中，以不同人稱自由出入多重角色的生活，從主角勤芬眼中捕捉到的微妙細節，延伸出去就是社區住戶們彷彿各自無關卻又緊密糾纏的愛恨聚散，除了人情，更延展出「日常推理」的趣味，他們之間有著相互扶持、彼此療傷的情誼，也和許多故事想要強調的一樣：「世界上沒有真正的壞人」，故事裡不是沒有小奸小惡，那些小奸小惡也不是沒有背後的苦衷，然而「從來不強烈的海德薇」的獨特之處，便是並不強迫角色與讀者因為壞人也有苦衷而原諒壞人，僅僅帶著我們看見與理解，那些我們在自己的視角中不可能看見的每一個面向，都有推著他們不善良不正直的艱難之處，如同許多時候的我們自己。

現實骨感，人生很難，所幸我們有這樣一本《中年少女的祈禱》，在垃圾車走走停停的日常中，看著故事交織著自己的煩惱與他人的人生，所有垃圾車載不走的，就讓流暢的故事來訴說。

特別感謝

全國環保公務機關總工會　蘇家源前理事長、楊俊華秘書長

桃園市環保局桃園區中隊　高百俊

台北市環保局內湖分隊　陳秋美、周文靜

個人顧問　吳聰甫

01 不該舉行的喪禮

這是一場不該舉行的喪禮，好人不該短命，悲劇不該發生，堅守崗位的人不該離席。喪禮雖來得超出預期，安排依然細心：素淡雅致的白色蘭花、佛經誦唱、裊裊薰香以及周圍飾有綢幔的端正遺照，靈堂氣氛莊重肅穆。

我上前調整輓聯和花籃的間距，撫平布幔，擺正素果盤，再三確認後才回到第一排座位上，繼續哀悼的苦行。我不喜歡道別，怎麼這輩子偏偏一直在說再見？

「嗨。」有人試圖闖入我憂傷的結界。

我側過身，拍拍椅子，邀年輕女孩坐下。

她和我一樣穿得一身黑，及腰長髮襯出精緻骨架和瓷白臉蛋，頭一回出班我就注意到她，不過不是因為漂亮，是因為她這人非常戲劇化。

「那個新聞……每看一次氣一次。」女孩哽咽：「太誇張，垃圾車怎麼會爆炸啦！」

我們並肩坐著，女孩抽抽搭搭地哭，淚水鼻涕齊流，我摟住她的肩，往她手裡塞進一包面紙。

新聞在我腦中輪播個不停——

「垃圾車突發氣爆意外！消防局昨晚接獲通報，一輛收運中的垃圾車在擠壓後發生氣爆，現場垃圾廚餘炸飛四散，就連車斗也被炸開，波及清潔隊員，二名男性隊員耳膜破裂、全身插滿碎玻璃，緊急送醫命懸一線……」

「消防局初判為物理性爆炸引起，懷疑是民眾垃圾內含玩具槍底火，在丟棄時摩擦產生火花，點燃垃圾車沼氣造成氣爆……」

「上週垃圾車氣爆事件的調查結果出爐，元凶為民眾亂丟的瓦斯鋼瓶。環保局發言人表示，有機溶劑噴霧罐、化學液體和鋰電池絕對不能當作一般垃圾丟棄……」

每日每日，我持續追蹤相關報導，像狂躁分子般拚命蒐羅、拚命地讀，但掌握更多細節，只是往心裡的惱怒添加柴火。

「太難過了，一定要把害死他的兇手揪出來。」女孩說。

「如果我沒有請假……不，如果沒有考進去就好了……」我說。

「不，不是妳啦。」女孩反駁。

不然是誰？

我們都想找個人來怪罪，但不曉得能怪誰，是肇事的民眾？管理不周的政府？將我們推向清潔隊的經濟壓力和命運？還是自己不夠小心？

透過死亡來認識生命，代價實在太大了。

總覺得自己有責任，總覺得應該做些什麼，不能在這裡曲終人散。

望著遺照，我的思緒瞬間被拉扯到一年前……

02 十二秒九

三月初春的清晨時分，風清氣爽，鳥語花香，天際線透出微光，我已經跑了四圈操場。

五點多出門時還有些冷，晨跑後居然渾身發熱，汗水讓內衣褲都濕透，貼在身上像又潮又涼的膏藥，好難受。

可喜可賀的是，懷孕生子後，首度感覺到腹部肌肉的存在，它們一直躲藏在被我暱稱為「兒子忘了帶走的小被子」的脂肪下層，在我邁入三十歲之際，重新探頭，此刻正隱隱痠痛。

「動起來！」我哥在樹蔭下納涼，他的工作很輕鬆，就是時不時吼我兩句：「恁爸七早八早起床，不是來看妳偷懶的。」

我大口喘氣，邊跑邊脫下外套綁在腰上，膝蓋在發抖，心臟劇烈跳動，但還是勉力跨出步伐。畢竟，是我求他幫我進行特訓，不能讓哥哥有理由光明正大回家休息。

小學操場跑道一圈是兩百公尺，算算我跑了一公里，五百毫升的水壺早就見底。我好累，累得快死了，但為了爭取洋洋的監護權，我非得考上清潔隊不可，我知道競爭有多激烈，而考試日期在即。

「林家祥去死、我要洋洋跟我住、不能讓蔣偉同瞧不起……」我按著快要抽筋的肚子，調整蹣跚錯亂的腳步，搖搖晃晃跑過哥哥躲太陽的榕樹。

我的兒子洋洋，小學二年級，是我的心頭肉。

八年前，我二十二歲，在便利商店擔任儲備幹部。從高中就開始在那家店打工，一路做到正職，店長很照顧員工，當然，我也表現得很不錯，樂在其中。我喜歡舒適的空調溫度、井然有序的貨架和乾淨整潔的店內環境，雖然有時忙到連上廁所的時間都沒有，整體來說上班是愉快的。

然而，擁有幸福小家庭是我的畢生夢想，我渴望每天燒一桌好菜，與所愛的人共進晚餐，所以一發現有了洋洋，我馬上和家祥登記結婚，辭去工作待產，孩子出生後專心相夫教子，當個全職媽媽，誰知好景不常。

回顧那些日子，我自認對家庭問心無愧，聽說母乳營養成分高，我親餵洋洋至兩歲，無法一覺到天亮的日子過了兩年。銜接寶寶副食品的那幾個月，我也每天上市場採買，烹調出新鮮的菜泥、肉粥和果汁，絕不偷懶，像別人一次大量製作再冷凍成冰磚慢慢使用。

就連家祥的早餐和晚餐也是由我親自料理，每餐都營養均衡，有菜有蛋有肉，早上固定一杯現打精力湯，偶爾感冒不適也絕不瀆職。我真的不明白自己做錯了什麼，要「被離婚」，像包垃圾一樣被丟出門。

他總能列舉出一百種我的失誤：冰箱塞得太滿、孩子玩具讓客廳太亂、買菜錢超出預算、出門不懂得打扮……八年婚姻，分房六年，終究我也受夠了他的冷言冷語和白眼。

剛辦完手續，在協議書上簽下姓名的剎那，我立刻後悔了。我不在乎淨身出戶，然而把監護權讓給家祥，只保留探視權，起心動念是憂慮負擔不起洋洋的學費、安親費和才藝費，怕他跟著我吃苦，才不得不忍痛做出的決定。問題是，我真的割捨得下嗎？

有一次，洋洋在學校闖了禍，把同學新買的自動鉛筆搞丟了，老師在聯絡簿以紅筆寫下事發經過通知家長。洋洋擔心我生氣，乾脆把聯絡簿藏起來不帶回家。兩天後老師見他沒交聯絡簿，家長也沒有回應，才在抽屜深處挖出他的犯罪證據，實情隨之曝光。

洋洋就是如此內隱的孩子，讓人好氣又好笑，責備他兩句他就眼眶濕潤、楚楚可憐。

簽了字，失去每晚共讀和哄睡兒子的溫馨時刻，我忽然好想念洋洋啊，那份骨肉分離的空虛，只有經歷艱辛的懷胎十月，在產檯上勇渡鬼門關、九死一生的人母才能懂得。

於是我坐在戶政事務所門口抹眼淚，這時，一個穿白襯衫和筆挺西裝外套的短髮女人停了下來，遞給我一張燙金名片。

游律師人很好，五官魄力十足，態度卻親切和善。聯繫她之前，我從沒想過這輩子會需要法律扶助，更不曾和律師一類的專業人士打交道。我感到畏懼，咬牙按下號碼的瞬間，手指像軟弱無力的果凍。

幸好游律師願意提供免費諮商，還提醒我當務之急是找份工作，證明自己有能力照顧洋洋，提出訴訟後才有機會說服法官和前來視察的社工。

是啊，失婚女子要自立，首先得有收入和住處。

我三十歲了，一事無成，離開職場八年，唯一的工作經驗是便利商店。大學同學們早就交出漂亮的履歷，有人在會計師事務所服務，也有人在電子公司擔任小主管，闖出一片天。我上人力銀行投了不下五十封求職信，然而，大部分職缺都要求一到兩年相關經驗，無經驗可的職務多半為助理職。可我當助理嫌老，如何和應屆畢業生競爭?至今，只接獲三次面試通知。

第一個面試是業務助理，當時在會客室等待的女孩們，每一個都比我年輕貌美，面試官開門見山地問我，下班後能否陪業務跟客戶應酬，我遲疑了幾秒鐘才點頭說好，臉上掛著為難，想當然耳，沒有下文。

第二個面試是總機小姐，接待我的人事主管將我從頭到腳掃視一遍，好心建議我若是拿下這份工作，至少要穿條裙子、畫點淡妝。我在交談中將過往據實以告，面試官沒有太大反應，我以為這次能過關，最後卻敗在電話英文的環節。

高速運轉的世界不等人，我在原地停留太久，已經跟不上同齡友人的腳步了，處處碰壁讓我好怕被就業市場淘汰。

找不到適合的文職，勞力工作也是一種選項，至少也是正正當當賺錢求生存。我靜下心來思量，缺乏一技之長又沒有資金人脈，自己到底能做什麼？

想來想去，我唯一的優勢，就是熟悉環保局清潔隊工作，我的爸爸媽媽都是清潔隊員，一個在晚班開垃圾車，一個在早班清溝掃路。

清潔隊招考沒有學歷限制，國小畢業就能考，工作穩定不怕丟飯碗，福利還比照公家機關，算下來底薪加獎金每個月能領到近四萬，是能夠做到退休的職業。況且，我哥高中畢業後也考進清潔隊服務，若順利錄取，還能和哥哥相互有個照應，距離討回監護權的目標就更近了些。

好在我還有娘家可回。

「我要洋洋跟我住、不能讓蔣偉同瞧不起……」我喘著大氣，將滋長的怨念轉化為維持體能的養分，「唉唷！」我絆了一下，隨即站穩。

沒什麼好怕，跌倒了就再爬起來，我一定會變成獨當一面的女人，過得比林家祥更好，然後把洋洋接來和我一起住。

「還有力氣碎碎念？」哥哥點燃一支菸，招手喊我，「蔣勤芬，妳過來。」

終於可以休息，我帶著一身臭汗，拖著沉重如鉛的雙腳，慢吞吞跑回榕樹前方，發現他的同事兼好友有富也來了。

「這麼早起？來看好戲？」我灰頭土臉地問。

「辛苦啦……」有富伸出手，把一瓶礦泉水交給我，以慣常的口吃和我打招呼。

「我錯了，你是我的救命恩人。」我舔了舔乾渴的嘴唇，旋開瓶蓋潤喉。

有富是資源回收車司機，和哥哥同一條路線，兩人相互搭配，偶爾來我娘家串門子。我們見過幾次面，聊過幾次天，我覺得他人滿好，永遠笑咪咪的，不像我哥脾氣那麼大。

「練得……怎樣？」有富問。

「慢得像烏龜在爬咧，看她跑步，恁爸整個火都上來了。」我哥搶先說道：「她身高不到一六五，生完小孩體重飆到快六十，怎麼跑得動？浪費恁爸的時間。」

「這是肌肉，肌肉比肥肉重，我小時候可是大隊接力的強棒呢！」我伸出結實小腿肚。

「蘿蔔拿回家煮排骨湯，不要拿出來丟人現眼。」哥哥鄙夷的眼神飄來。

有富對著我們笑出兩顆小虎牙，「我查、查過了，今年會先考筆試，然後才……考體能測驗，不像以前體能先篩掉一輪。勤芬聰明，只要多……做題庫，把題目練到很熟，一定考得上！」

「歪喙雞想欲食好米。每次考試都有碩士博士來報名，勤芬拚得過人家嗎？前年隊上還來了一個體大畢業生咧。」哥哥面露懷疑。

我知道，清潔隊招考錄取率不到百分之五；我知道，負重六十公尺折返跑必須在十三秒內才算及格；我還知道，筆試沒有滿分就會被刷掉。

我都知道，但我別無選擇。

「我一定要考上，我非考上不可。」我只能洗腦自己了。

哥哥伸出腳，踹了踹地上的麻布袋：「剛剛只是熱身而已，有富幫妳帶沙包來了，女生是負重八公斤，這個沙包重十五公斤，妳每天扛著它練跑一千公尺，就能幫妳考上。」

刺痛搔刮著我的腳底板，「現在？」

「廢話。」

「好，我跑。」

我走向沙包，用力抓住兩端向上提，沙包卻不動如山。

哥哥在一旁搔著肚皮訕笑。

沙包很沉，彷彿裝了鐵塊，但我不認輸。我費了好一番功夫，重新摸索用力的方式，終於借力使力，把沙包一吋吋甩到肩背上。

跌跌撞撞不過前進了兩步，下一秒，我一個重心不穩，猛然撲倒在地。沙包發出悶聲巨響，跑道PU顆粒將我的皮膚摩出數道血痕，我的手肘和膝蓋像火在燒。

「沒事吧？」有富緊張地迎上前，把我拉起來檢查：「都……擦傷了。」

「沒事。」我推開他，找到我的沙包，咬緊牙關再次扛了起來。

「阿嫂，我來幫忙。」我捲起袖子進廚房。

「妳去客廳休息。」嫂嫂操著不輪轉的國語，瞪著我手肘的結痂，嘆了口氣：

「還沒好？痛不痛？」

「沒關係啦，我皮很厚。」我說。

嫂嫂來自南越某個我唸不出地名的鄉下，嫁來台灣十五年了，從一句中文都不會說，到現在能看心情跟我哥拌嘴吵架，非常融入台灣生活。她白天在友人開設的美甲店上班，逢年過節還去越南餐廳打工，朋友比哥哥的還多，雖身在異鄉，卻交遊廣闊。

我哥上輩子大概是造橋鋪路替人修墳的大善人，今生才能把我嫂嫂娶回家，因為越南和阿美族文化有著異曲同工之妙，都是母系社會。我媽是來自花蓮鳳林的阿美族人，到城市工作，認識了我爸，嫂嫂和我媽擁有類似的特質，兩人都頗能忍耐，吃苦當吃補，性格有如鍛鐵般堅強。

「阿紅，我肚子好餓！飯煮好了沒？」客廳傳來哥哥的呼喊。

「只會叫，不會來幫忙喔？」嫂嫂罵道。

「我來。」我轉身把剛炒好的菜端出去。

茶几充當飯桌，沙發同時也是餐椅，我念國中的姪子皓皓把飯盛好了，正一雙雙擺碗筷。他老爸則挺著中年發福的啤酒肚，一面翹腳滑手機，一面抽菸。

「臭死了！抽菸會讓人生病死掉，去陽台抽。」嫂嫂把熱湯送上桌。

「每個人都會死掉，死掉以前，恁爸要抽個過癮。」哥哥雖然愛耍嘴皮，但還是訕訕地吸了最後一口，接著捻熄菸蒂。

今晚的菜色有菜脯蛋、蒜炒空心菜和滷三層肉以及蘿蔔湯。我們圍著茶几就坐，端起碗筷，大哥迫不及待扒了一大口白飯，接著又夾了一塊肉往嘴裡塞。

「勤芬好像瘦了，一定是訓練太辛苦。」嫂嫂的目光透過碗緣端詳我：「偉同，你可不可以跟老闆說一下，直接讓勤芬去上班？」

「如果講一講就可以，恁爸以前幹嘛那麼累？我那年報名三千多個，只錄取三百個耶，幸好恁爸實力堅強，跑了第二十名！」哥哥嗤之以鼻。

「你爸媽不是清潔隊退休的？說不定有朋友能講看看？而且我朋友說，工作可以用錢買。」嫂嫂說。

「那是幾十年前啦，妳看到隊上有夫妻檔、兄弟檔、父子檔，都是沒考試靠關說的，現在管很嚴啦。」哥哥瞅著我，譏諷道：「而且，勤芬也從來不敢跟別人說，我們家做什麼的呀。」

能怪我嗎？

我敢怒不敢言，垂下頭沉默扒飯。

娘家位於桃園鄉間，不到三十坪的中古公寓，分割成三房一廳，每間房都小到不行，安進床具後只容轉身。

更糟的是，爸媽把從事垃圾收運的工作習慣帶回了家中，長久以來，我們家堆滿了雜物，瓶瓶罐罐，報章雜誌，來自四面八方的流浪物品湧入，讓公寓宛如資源回收的轉運站，垃圾的大盤商。牆壁幾乎被淹沒，是我從小看到大的景象，走路必須小心翼翼，免得弄垮了某座垃圾山，造成土石流。

最恐怖的是氣味，亂七八糟、來路不明的囤積物，各自帶著彷彿標榜過去的氣味，汽水罐的甜膩、醬料瓶的鹹腥、過期化妝品的油耗味以及紅標米酒，這些臭味混雜在一起，變成三流師傅的大鍋炒，黏著我的髮梢，沾上我的學生制服，跟我一起去上學，如影隨形，害我被同學們嘲笑。

「垃圾人！臭死了！哈哈哈哈哈。」

最過分的一次，同學把早餐三明治包裝袋塞進我的書包，融化的美乃滋流得到處都是。當我面紅耳赤挖出包裝袋，還沒發作，就有人大笑著說：「誰那麼沒公德心？垃圾桶都不做垃圾分類！」

那天我是哭著回家的，哥哥看見我的書包，頓時明白了一切，隔天跑到我們班教室算帳。他不來還好，一現身，衣服上的污漬和褲子綻開的縫線卻害我被同學笑得更厲害。

「我不認識你，髒死了。」我大聲罵他，直接把怒氣發洩在他身上，留下他一臉錯愕。

所以，他怨我也是應該的。但小小年紀的我能怎麼辦？假的說久了會成真，再不信邪聽久了也會產生懷疑。難聽綽號喊久了，在格外敏感的青春歲月裡，我自認是低人一等的賤民。別人都是書香世家、醫生世家，我們家卻是收垃圾的，提及家庭背景總是令我自慚形穢。我被自卑心緊緊束縛，唯有極力隱藏自我才覺得稍稍安心。

剛認識家祥的時候，我不好意思承認父母的職業，輕描淡寫地說他倆是公務員，都在環保局上班。

別人用念書洗學歷，我用結婚洗經歷，以為新娘白紗能讓我煥然一新，沒想到，八年的婚姻，卻證明白紗只是國王的新衣。我還是我，褪去幻想的外皮，依舊赤身裸體。

我離開了，又回來了。當我夾著尾巴逃回娘家，哥哥簡直氣瘋，罵我太過輕易離婚，賠上青春，卻一毛贍養費也沒討，真是損失慘重。要不是嫂嫂攔著，哥哥真會衝去把家祥揍一頓。

沒錯，我依然認為從事垃圾清運工作抬不起頭，染黑的指甲永遠洗不乾淨，讓我不好意思伸出手，只能握拳，將指尖和心虛一同藏起。然而，為母則強，垃圾髒不髒、臭不臭，已不是想養活孩子的母親所需考量。

搬回來那天，外頭下著傾盆大雨，陰沉的白晝卻猶如暗夜，閃電劃破天際，聲聲催響了雷。

我淋了雨渾身狼狽，提著行李按了門鈴，灰敗的臉色一如天空般黯淡，沙啞嗓子哽咽似悶雷。門開時，撲簌簌地，淚如雨下。

毫無預警，閃電離婚又被趕出家門的消息震驚了兄嫂一家。

我瞪著失神雙眼，賴在娘家客廳，什麼都沒有，沒房沒車沒存款沒老公，無處可去。我自知給他們添了麻煩，幾年前母親辭世，哥哥理所當然地把亡母的房間當作儲藏室，我回來住，他的資源回收沒地方存。

嫂嫂悶不吭聲動手幫我整理臥室，卻掃到颱風尾。

「妳給恁爸雞婆什麼？」哥哥不斷發牢騷：「她老公不養她，就丟回來給我養？家裡比車後座大沒多少，沒辦法讓她搬回來啦！」

「你閉嘴。」嫂嫂說。

女人結婚了，便從娘家除戶籍；女人離婚了，連夫家族譜也給抹去，一生落得兩頭空。

「不然姑姑睡我房間，我可以睡沙發。」皓皓挺身聲援我。

不枉我從小疼皓皓，洋洋有的，他都有一份。其實皓皓長得更像我還有我哥，原住民的血統騙不了人，黑肉底，雙眼皮，輪廓特別深，骨架穩塊頭大。皓皓快要比我高了，嬌小的嫂嫂站在兒子身旁，還顯得小鳥依人。

「你要用功讀書的人，怎麼可以睡沙發？」哥哥不悅。

「沒關係，姑姑是女生，讓女生睡床。」皓皓說。

「兒子都比你有男子氣概！」嫂嫂譏諷。

「每個人都敢跟恁爸大小聲，翅膀硬了是不是？」三票對一票，哥哥拉不下臉來，只好悻悻地低下頭玩手機，等於是默許同意。

於是，哥哥嫂嫂睡的是主臥室，皓皓使用我婚前的房間，我則搬回過世母親的舊臥房，硬是在已稍嫌擁擠的三口之家裡占空間、吃白食、吸空氣。

我的碗底朝天，肚子還有點餓，索性起身再添一碗飯。

「靠么，沒飯了喔？」遲一步的哥哥臉上堆滿無奈，捧著碗站在電鍋旁。

「你用碗公吃飯，一碗等於別人兩碗。」嫂嫂賞他白眼。

「恁爸也是別人的兩倍壯啊。」哥哥說。

我心虛地用側眼瞄他：「要不我分你一半？」

「免。」哥哥繃著臉說。

經過近三個月的鍛鍊，體重沒什麼變化，但我自覺體能變好。練跑時腳步輕盈，不再喘得像快斷氣，對肩膀上十幾公斤的重量也習以為常了。熱量消耗得多，食量也跟著增加，老覺得好餓，彷彿體內住了一隻永不滿足的獸。

飯後，嫂嫂洗碗，我在一旁幫忙擦乾碗盤。嫂嫂悶著頭做事，神情凝重，看起來還是不放心。

「我是覺得做清潔隊太累，上班時間也和別人不一樣，週末還要收垃圾，每天弄得髒兮兮，好像不太適合女孩子。」

哥哥踱著步子晃到門口，探頭道：「烏白講，恁爸是在服務人民，什麼髒兮兮？」

我嘆了口氣，拿抹布擦擦手。

「不然這樣，考上以後，再轉成坐辦公室的。當清潔隊員太危險了，上次那個誰不是差點被車撞？」嫂嫂拍拍我的肩，不放棄給我出主意。

「是早班掃地的才容易遇到車禍，清晨五六點，有很多人開車不長眼。」哥哥說。

「那還叫你妹去？」

「怕啥？恁爸不是活得好好的？」

我攤開雙手，比出停戰的手勢，道：「都別吵了，我會注意安全，不可能那麼倒楣。」

嫂嫂不理他，「勤芬，妳要不要考慮別的工作？」

「不是我不找工作，是工作不要我啊。」我苦笑道。

「勤芬自己憨，好歹也念到大學畢業，如果那時沒有拒絕升遷跑去結婚，今天就是便利商店的店長了，整天吹冷氣，多好？」哥哥悶哼。

今天是體能測驗的前一天，我已經順利通過筆試，晉級到最後階段。

近年來環保局考試規則改來改去，全省各縣市沒個統一，有時先考筆試，有時先考體能，有時則取消口試。不過這回我走運了，今年桃園區的測驗順序是先考我擅長的筆試，題目和解答都公布在網路上，死背題庫，我輕輕鬆鬆拿下滿分。

接下來則是我最怕的體能測試。有富勸我前一天暫停練習，好好休養生息，被我嚴詞拒絕。為避免前功盡棄，我堅持奮戰到最後一刻，還負重多跑了兩百公尺，希望強化肌肉記憶，考試時能表現得有如輕功草上飛。

終於在早上六點半，我完成了本日訓練，回到樹下拉筋、按摩小腿。有富幫我旋開礦泉水瓶蓋，把水遞給我。哥哥不知怎地說服了有富和他輪班，一人一天。

前幾天被哥哥數落的悶氣沒地方出，遂對著我的唯一聽眾抱怨起來。

「我爸媽是清潔隊員，身為子女，垃圾清運工作的辛苦和危險，我怎麼會不知道？就是為了避免階級複製，我才出去上班，在便利商店任勞任怨，希望用服務熱忱做出個人口碑。早上買《中國時報》的阿伯、下午要喝無糖大熱拿的姐姐，還有隔壁鄰居阿婆，大家都很喜歡我耶，阿婆還說要介紹孫子給我當男朋友咧。對了，還有流浪狗小黑，只要我值晚班，牠都會趴在門口留守陪我。我人緣多好啊，本來店長要幫我升職的。」

「後、後來呢？」

「有一天下午，店長把我拉到角落，說他另有人生規劃，打算把店交給我，要我晚上給他答案。我心想，終於！我終於出頭天了。結果你知道怎樣？」

有富一臉茫然。

「那天晚上，驗孕棒出現兩條線。」

「所以妳……決定辭職？」

「嗯，很蠢吼？」

事業和家庭二擇一的習題不難選，至少在當時，白領階級的某某太太、某某媽媽的稱謂，對於一個渴望脫胎換骨的年輕女孩來說，看起來像是通往幸福的標準答案。

「我的父母一天到晚忙著上班賺錢補家裡的財務破洞，小時候，他們幾乎都不在。每天放學我就自己打開電鍋裝白飯，打開冰箱找鹹蛋，再淋上一匙醬油，拌一拌就是一餐。我還自己模仿大人的筆跡簽聯絡簿哩。」

「難怪妳……想自己帶小孩。」

明天就是決定命運的終局之戰。贏了，能暫解燃眉之急；輸了……不，我沒有本錢輸。

這一晚，我翻來覆去難以成眠，又熱又累卻神智清醒，只能茫然瞪著天花板，在不知不覺中睡著。

隔天早上，神經緊繃的我，在鬧鈴聲中嚇得連滾帶爬下了床。雖然睡眠不足，感覺特別疲累，恨不得灌下一公升的咖啡，我還是匆匆梳洗，準時抵達位於市區職校充當考場的體育館。放眼望去萬頭攢動，全都是我的競爭對手，龐大壓力更是排山倒海而來。

除了大批考生，記者也來了，紛紛架起攝影機捕捉畫面。

新聞記者身穿套裝，撥撥瀏海，端出職業微笑：「睽違兩年，環境清潔稽查大隊再次舉行招考，由於月薪加上清潔獎金，月薪上看四萬一千元，福利比照公家機關，因此吸引了六千五百人報考。」

這樣看來，我的年紀算是落在中間囉，應該滿有勝算？

「其中不乏碩博士等高學歷者，還有剛從軍中退伍的軍官也前來報考。這次體能測試是三十公尺折返跑，所以一共是六十公尺，女生負重八公斤，男生負重十五公斤。據了解，絕大部分考生都歷經了密集的體能訓練，可以看到大家都摩拳擦掌，一副躍躍欲試的模樣。」

意思是競爭者都有備而來？我感到胃一沉，心情自由落體跌至谷底。

「六千五百人中，只錄取三百五十名，難度不容小覷。記者在採訪現場，遇到一名十六歲的高中生。高中生居然也來參一腳！我們聽聽他怎麼說。」記者將麥克風伸向滿臉青春痘的阿弟，「同學，為什麼報考清潔隊？」

突然，一位身穿花布衣的大嬸卻往前一站，用整張大餅臉佔據攝影鏡頭。

「經濟不景氣，啊我都五十歲了，還能做什麼養家？清潔隊工作穩定不怕裁員，薪水也不錯，當然要來試試看哪！雖然看過去都是年輕人，但我沒在怕，我本來從事倉儲物流業，平常習慣搬重物。妳看，我手臂有肌肉欸。」熱血大媽鼓起二頭肌。

「是是是……」記者一臉尷尬。

大媽忽地話鋒一轉，瞪眼道：「我覺得很奇怪，清潔隊的工作應該保留給真正需要的人才對吧？已經領終身月退俸的，或是田僑仔不缺錢的，來跟我們搶頭路幹嘛？先考筆試再考體能也很莫名其妙，環保局到底要找會讀書的？還是體力好的？但我沒差啦，我一定會跑第一！證明五十歲也可以跑很快。」

被大媽這麼一搶話，記者表情扭曲，草草收線結束了訪問。

不知是壓力使然，還是體育館內人滿為患，我總覺得空氣稀薄、缺氧、被擠壓，有點喘不過氣。我彷彿幻化為人形沙漏，這陣子累積的信心在短時間內迅速流逝。

倒數二十分鐘，我挑了個角落的位置，模仿別人做起暖身操，但我的動作有氣無力。

各種可怕的念頭輪流襲擊我的腦海，萬一失敗，只好另外找份工作，但就業市場對中年婦女很不友善，我沒有一技之長，搞不好連最低薪資的助理職也無法勝任，只能在麥當勞或超市櫃檯當兼職時薪人員，養活自己都有困難。

怎麼辦？每個人都比我身強體壯，每個人也都比我準備充足，我望著跑道發愁，得失心變得好重。那種想把自己縮到最小，終至隱形的衝動又出現了。

此時，猶如聽見我的心聲，救命電話響起。

「蔣小姐，我是游律師。我已經收到法院的開庭通知書囉，關於妳想要改定監護權的訴訟，我們要正式起訴了。一個審級大概耗時六個月至一年，接下來，為了子女最佳利益，社工會和妳約時間訪視，法官訪視報告出來後還會再開庭，然後做出裁定，跟妳說一聲。」

「謝謝律師。」

游律師溫和又不失威嚴的嗓音宛如一劑強心針，將字句施打進入我的體內，頃刻間安定了我游離徬徨的心神。

不，不能失去洋洋，沒有退路可走，只能孤注一擲，只好背水一戰。

我蹲下來，綁緊運動鞋的鞋帶，做了幾次深呼吸，謹記哥哥的提醒：「千萬不要跌倒，一撲街就來不及了，等於直接棄權。」

當槍聲響起，我扛起沙包奮力地沒命地往前跑，全心全意衝向目標。

我在以膠帶分隔出來的跑道上拔足狂奔，速度超越了平時的練習，我化成影、化成光，感覺好不真實，彷彿我的腿不再是我的腿，而是來回擺動的機械。

放慢腳步，轉彎，繞過三角錐，加速。

我這輩子沒跑得那麼快過，最終，我順利完成任務，成功跑出十二秒九的成績。

我要上垃圾車了！這念頭在我的腦海裡炸開了花。我的體內竄過一陣顫慄，卻分不清是寬慰欣喜還是戒慎恐懼。

03 貝多芬社區

我被分發到垃圾車了，還是「那一輛」垃圾車！

照理說，女生多半會分配至早班，大清早在路邊身穿螢光背心、拉著插有「慢」字旗推車，負責掃路、清溝、拆除違規廣告物等市容維護。

以有家室的人而言，早班是不錯的選擇，作息也較為正常，能在出門前看看孩子們的睡顏，下午下班後還能繞去市場買菜，親手做飯陪小孩吃晚餐，幫他們看功課，兼顧家庭生活。

但我有別的打算，本來就想上晚班。

能得償所願，我堅信是祖先聽到了祈禱，土地公收下了賄賂。感謝天，感謝地，感謝哥哥做人沒有太失敗，感謝媽媽把我的「漢草」生得好。

同樣隸屬於清潔隊，晚班和早班業務截然不同，晚班是以男性為主力的垃圾清運工作，下午兩點到入夜的晚上十點，垃圾車及資源回收車穿行於大街小巷。

菜鳥報到的第一個禮拜，我先在市府上人事單位開的課，接著所有新人回到各單位，上勞安師舉辦的課程，學習關於工安以及作業SOP、垃圾分類和辨別回收項目等各種職前訓練。

對我來說，這些知識自然而然留存在我的記憶裡，如此熟悉。

鐵鋁金屬可以回收，但保險箱有水泥夾層，所以不行；刀片和縫針雖是金屬，因為體積過小，必須包起來丟進一般垃圾。

又如玻璃容器可以回收，但鏡子、陶瓷器皿並非玻璃。

還有紙類，鋁箔包、紙餐盒、茶葉紙罐算是可以回收的廢紙，但鋁箔紙、傳真紙、複寫紙是一般廢棄物，不可回收。

環顧四周，前方有個地中海朝著我的禿頭老伯，右邊坐了個掛著厚重眼鏡的大胖子，左邊則是走龐克路線的濃妝少女。我對於置身於此產生了一種古怪的違和感，總覺得自己和他們不同掛。

看習慣制服學童、西裝革履的上班族和打扮清爽的退休人士，這些牛鬼蛇神太刺眼太突兀。也好，我並沒有交朋友的意願，我是來工作的。上班下班，日復一日，賺取金錢，打贏官司，就是我的生活信念。

「有沒有問題？」勞安師問。

坐我隔壁的胖子全程猛打呵欠。

龐克妹說：「好無聊啊。」

「專心聽講，不要哪天不小心受傷，斷手斷腳才在後悔。」我們背後突然冒出一個老頭，脖子上掛著識別證，臭著臉說道：「各位要慶幸自己是在資源比較豐富的縣市，而不是連職前訓練都沒有的鄉鎮。」

熟記每一條安全衛生工作守則後，我正式上工，和哥哥同樣被分配在八〇九路線。我們隊上包含內外勤共有六百多人，一共四十二條路線，加起來八十四台車。

「唷，新來的女同事？」擁有粗糙聲線的大嗓門喊。

轉過頭，一位雙頰紅通通的禿頭大哥慢條斯理走來，外八步伐大搖大擺，在我們面前停下。一股甜膩的檳榔腥味撲鼻，隱約還夾雜了酒精氣息，我隨即注意到他嘴角沾染的橘紅。真是噁心透了，便利商店的客人至少還人模人樣。

「彭哥，這位……勤芬。」有富替我引薦。彭哥是資源回收車司機，和我哥搭檔。

他的目光掃過我的胸，定格在我的臉，歪頭打量人的笑容讓我心裡發毛。女性的雷達告訴我，這猥瑣傢伙不是好人。

「恁娘咧，雖然是個大媽，不過是辣的那種。」彭哥咧嘴，口氣令人作嘔。

我驚訝了一下，決定回擊，「你才老芋……」

有富馬上把我架離現場，「別……上班第一天就得罪人，尤其是那種……紀錄不良的人，會沒完沒了。」

「他嘴巴很臭耶，沒水準！沒素質！沒教養！」

「遇到……避開就是了。」

有富拍拍我的肩，我還是一路生悶氣。

部分老一輩的清潔隊員在考試遴選辦法建立以前就加入了，有人是只會寫名字的文盲，有人品行不端仰賴後台。就像我爸媽從前往來的隊友叔伯阿姨們，有些正常，有些則不然。素質低落、開口閉口都以國罵招呼的族群，就會讓人對清潔隊觀感很差。

「恁娘咧」同時是嗆聲、問候和抱怨的意思，三個字走遍天下，難登大雅之堂，到底多詞窮？我情願天天聽講「歡迎光臨」、「謝謝光臨」以及「請支援收銀」。還有，只要清潔隊來我們家泡茶，家門口就會遍布菸屁股和檳榔渣。

有一次，我在他們喝茶的時候拿了張九十分考卷給我爸簽名，我爸笑著炫耀：「幹，歹竹出好筍！」我說，「幹嘛講髒話啦，聽起來很像在罵我。」旁邊的阿伯就幫腔：「恁娘咧，想太多啦，這叫親切感。」

這群人自然而然地替自己貼上社會底層的標籤，一點都不覺得可恥或奇怪，也不知是無意識、無能力擺脫，還是有意識地刻意以共通行為和語言彼此結盟，編織出舒適圈？

清潔隊成為他們的據點，清潔隊員假裝不在意外人的眼光，相互依偎取暖。除非主動打破思維框架，重新定義這份工作，否則難以逃脫恥辱的包袱。

而我，曾經踢開藍白拖改穿高跟鞋，上館子吃宴客菜，在杯觥交錯中注意用餐禮節，口吐包裝過的漂亮話，現在又回到熱鬧騰騰的路邊攤了，命運真是讓人哭笑不得。

垃圾收運的標配是一輛黃色垃圾車在前、一輛白色資源回收車跟後的組合，車上各有一位隊員，搭配一個開車的司機員。我是八〇九的垃圾車隊員，哥哥則處理回收物，至於司機，我運氣不錯，和老朋友有富搭檔，他是這個世界上數一數二我信任的人。

有富長年頂著一頭混亂的捲髮，凌亂的齒列擠出一對小虎牙，做事態度有條不紊，是宛如鎮宅石敢當的存在。

有富把一頂安全帽遞給我，「膠盔。」

「謝謝。」

我模仿他，依序戴上口罩、護目鏡，身穿俗稱為「斑馬衣」的螢黃色反光背心，再套上內襯藏有鋼片的安全鞋，以及一雙玻璃纖維編織的防割刺手套。

有富在身邊，舒緩了我的焦慮，減輕我對陌生事物的不安全感。

從頭到腳依規定換裝完畢，我打量自己，發現蔣勤芬不見了，取而代之的是大家每天都會見到、卻沒有名字的人——清潔隊員。這身裝束讓我得以隱匿，默默守護我的兒子。

「穿安全裝備……不舒服，要慢慢習慣。」有富好意提醒。

「OK的，沒事。」我爬上副駕駛座，「出發。」

每日行程固定，先去社區定點收垃圾，接著回隊上整理，稍晚再進行第二趟沿途停靠的垃圾收運任務，整天出門共兩遍。

社區定點收拾垃圾，就是將集中於一處的垃圾包全數扛上垃圾車。一隻蟑螂爬過我的手，嚇了我一大跳，忍著滿身雞皮疙瘩把牠甩掉。我猜，未來會常常和蟑螂相見歡。

從前我最討厭的家務就是倒垃圾了，每回丟完垃圾，我必定用肥皂徹底洗手，連指甲縫都要刷乾淨，盡可能減少和垃圾接觸的機會。如今，我卻隔著一層薄薄塑膠袋，浸潤在薰天臭氣中，盡情撫摸各式各樣充滿病菌的垃圾，包含沾了排泄物的衛生紙。好想洗澡啊，這一切對於愛乾淨的我，實在苦不堪言。

尤其昨天挺涼爽，今天氣溫竟高達三十度，膠盔密不透風的材質憋得我滿頭汗，髮根全濕，腦袋鼓脹，護目鏡也因熱氣而起了一層薄霧，滿臉粉刺探頭，像迎接春天的土撥鼠，我好像還聞到貼身內衣飄出一股發酵酸味。

社區的垃圾收畢，下午四點半，我們回到隊上。

「還……OK嗎？」有富遞給我一瓶蘆筍汁，真體貼，比我的親哥還像哥哥。

「大部分垃圾包沒什麼味道，就是骯髒而已，但有一些飄出屍臭，我懷疑袋子裡有死老鼠，或是殺人魔分屍。」說著，我的鼻孔又發癢了。

「不會啦……告、告訴自己，只是討生活就好。」有富笑了。

傍晚，夕陽西下的時刻，檢查車輛後我們重新整裝出發。

音樂聲中，垃圾車轉入附近民宅，我跳下車，在車後斗踏板站定。

大家動作好快，一擁而上的民眾猶如朝我撲來的喪屍，丟垃圾卻像暴動般激烈，看來每個人都急於丟棄人生多餘的累贅。

除了拋進車斗的垃圾包，堆肥桶和廚餘桶也是民眾的投彈目標。有些人倒廚餘動作粗魯，輕則激起漣漪，重則引爆連鎖反應，往旁人身上留下痕跡，我只能小心閃身躲避餿水攻擊。幾百戶人家混在一起的剩飯剩菜，那氣味之恐怖啊，只有飢腸轆轆的豬隻才感興趣。

眼看民眾來來去去，我用嘴巴呼吸，假裝是抽離現實的旁觀者，發現了一個有趣的現象：提著垃圾的大家，臉色都好難看，肢體語言也好緊繃，彷彿垃圾是手鐐腳銬，拖住了他們的人生，當他們丟掉垃圾，突然間每個都眉開眼笑。

收垃圾看似簡單，實為非常消耗體力的勞務活動，一定要親力親為才懂得。我站立於車斗後方踏板，一遍又一遍上上下下，一趟又一趟協助民眾將垃圾包扔進車斗內壓縮，重複再重複的動作既枯索又乏味，還讓人異常疲憊。

我們經過一所小學，適逢放學時段，制服學童魚貫而出。身為人母，我的眼力不錯，很能判斷小學生的年紀。通常高年級的孩子滿臉淘氣，中年級的孩子半大不小卻很會耍小聰明，我的洋洋是低年級，尚未離傻呼呼的幼兒園太遠，依然保持天真可愛。

我的視線落在窗外，望著別人家的孩子，惦念著自己的那個。

然而，就在垃圾車與學童路隊擦身而過的剎那，一個男孩摀著鼻子高聲訕笑：

「噁，好臭！」

另一個說：「比大便還臭。」

頭一個又說：「快走，不然就要昏倒了。」

孩子們嘻嘻哈哈的童言童語重擊我的胸腔，幼時遭受霸凌的記憶捲土重來，我彷彿變回了當年氣憤又脆弱的小女孩。

一個可怕念頭閃入腦海：洋洋會不會也覺得我當清潔隊丟了他的臉？我會不會害他被同儕嘲笑？

也許暫時別說工作的事吧，等我們母子團圓，再轉行也不遲。

夕陽愈來愈刺眼，有富掛上了墨鏡，我開始緊張。車窗格放著景致，一幕幕晃眼而過，也一吋吋拉近我和兒子的距離。

晚間五點二十分，垃圾車繞行至我從前居住的貝多芬社區。

結婚後我搬進貝多芬社區，那是個兩百戶的小型聚落，四十年的中古屋，蓋得很牢靠，撐過了九二一地震和莫拉克颱風，始終屹立不搖。家祥對於公設比很低這件事洋洋得意，我則鍾情於其仿巴洛克式建築，特別偏愛那些線條優美的牆面裝飾，每次經過中庭的噴水池都覺得仿如置身於歐洲小鎮，雖然我從沒出過國。

再幾步路便是久違的舊家了，〈少女的祈禱〉悠揚樂聲中，有富踩下煞車踏板，垃圾車穩穩止步。

我懷著一片忐忑躍下座位關上車門，群眾再次蜂擁而上。但這回我無視面前往來民眾，東張西望尋找起身高一百三十公分、體重二十七公斤、皮膚白皙、頂著一頭細軟秀髮、身材略為纖瘦的小男孩，我的小男孩。

「舅舅！」熟悉的童音在幾公尺外響起，是洋洋！

我鼻頭一酸，心一緊，真想衝過去抱抱他。可我卻拉緊了口罩，不願被兒子發現我的狼狽。

「你自己出來倒垃圾啊？真乖。」我哥接過洋洋手中的一疊回收物。

儘管只是短短幾秒的遙望，確認寶貝兒子健健康康，我便心滿意足，再辛苦都不怕。

「舅舅掰掰！」洋洋揮手。

「再見。」哥說。

我倏地轉身，倉皇逃回車上，像關閉電源的洩氣人偶。

下班時我整個人幾近虛脫，返家路上，抓著機車握把的手指微微顫抖。和哥哥一前一後進入家門時已接近午夜，垃圾和餿水的氣味依然逗留鼻腔。皓皓房門緊閉，嫂嫂則揉著發紅的眼爬下床。

「吃宵夜？」嫂嫂問。

「我不餓。」我說。

「恁爸餓死了。」哥哥說。

嫂嫂拉開飯菜罩，兩碗濃稠的越式鹹粥映入眼簾，看起來好眼熟，酸液上湧，我一陣反胃。

「我的給哥吃，先去洗澡。對了，我今天被髒水噴到，以後上班的衣服我自己手洗，不丟洗衣機。」

嫂嫂在我背後嘀咕：「勤芬做得還可以嗎？」

「差得遠。」哥哥乾笑。

砰砰砰的聲音，夢裡有犀牛撞我的門。

「蔣勤芬，要不要起床？別丟我的臉！」哥哥隔著門板大吼。

「再讓她睡一下嘛。」嫂嫂說。

「不行，她不吃早餐，要是餓到昏倒，恁爸還得扛她回來。」哥哥繼續用力拍門，「蔣勤芬！」

「起來了啦。」我掙扎著踢開棉被，甩去惺忪，可惡，我的身體不聽使喚，再細微的動作都能讓我渾身發痛，而且我壓根沒聽到鬧鐘。

加入清潔隊後，每日起床都是件苦差事。我醒來後不是先按掉鬧鐘，也不是洗臉刷牙，而是噴肌肉痠痛噴霧，否則下不了床，腰痠背痛會將我釘在原地，肌肉痠痛噴霧的用量比香水還凶。說到香水，我珍藏的Jo Malone「杏桃花與蜂蜜」太久沒用，也不知塞到哪兒去了。

天哪，我感覺不像我自己，手腕、手肘以及整條胳膊，包括腋下和連結肩膀的部分都快廢了，稍微抬高就痛到不行。便利商店的工作根本沒得比，肌肉若能發表意見，肯定正在大聲泣訴委屈。

我的父母也深受職業傷害所苦，經常搬重物和久站，兩老一直有椎間盤突出的問題，小時候偶爾會看見爸爸媽媽幫對方貼痠痛藥膏。他們捨不得花錢看醫生動手術，通常去國術館找人推拿，要不就是打個止痛針就能再上工。

進清潔隊以後，我每天下班都像靈魂出竅，身體和意志彼此分家，腦袋沾到枕頭的剎那立馬睡著，早上則爬不起來，聽不見鬧鈴聲，日復一日在忍耐。服務業也很辛苦，但總有些比較輕鬆的時刻，至少站收銀檯、清點貨物不會危及性命。

漸漸發覺，清潔隊員好比社會的消耗品，用青春和勞力換取基本生活所需，只能自己照顧好自己。只是，以我的條件，找不到福利更好且薪水更高的工作了，我告誡自己，至少撐過一年，存點錢、拿下監護權。我會鍛鍊出鋼材一般堅強的心志，鐵打的身體，成為鋼鐵人母親，我不能倒。

「早。」噴完藥，我縮著脖子推開房門。

我哥稀哩呼嚕吃完大腸麵線，打了個響亮飽嗝，碗往旁邊一推，悠哉點燃一支菸，「又爬不起來？」

「我好像有職業傷害了。」

「妳鑲金的喔？」

「對。」

我在他隔壁坐下，側眼瞄他，「哥，我發現洋洋常常丟資源回收。以前我在的時候，資源回收明明很少，頂多一星期一兩個汽水瓶。難道現在他汽水大解禁？我問你，洋洋到底丟了什麼？」

「幹嘛？」

「關心。」

「妳想兒子，就去前夫家看他啊。」

「可是約定探訪的時間還沒到啊。唉……哥，你看洋洋是不是瘦了？臉色好憔悴……他到底丟什麼嘛？說啦。」

哥哥不悅地回瞪我：「恁爸在回收車上像是特技表演，一下子要接民眾遞來的袋子，一下子要快速分類，拆紙箱、拆寶特瓶蓋，還要把回收物踩扁，丟進不同的回收袋。時間緊湊，動作要快，忙得要死，哪有可能注意每個人丟什麼？不要跌倒就不錯了。」

「喔。」

「資源回收車走走停停，站在車上工作，平衡感不夠好的人頭會暈耶！以前有個新同事天天嘔吐，整整吐了一個月。」

「話是沒錯……」

哥哥搥著腰椎抱怨：「昨天收到沒洗乾淨的餐盒，都臭酸生蛆了，還有寶特瓶裡面裝水丟菸蒂，甚至裝尿的，恁爸真的快昏倒。最可惡的是，有些民眾混水摸魚，沒做好分類，妳跟他講這樣不行，他還不爽咧！哼，就只會問妳兒子丟什麼垃圾，也不關心一下妳哥哥？」

「你也是小孩子嗎？」我翻白眼。

嫂子回來了，手上提著紅白購物袋。

「妳又去哪？」哥問。

「幫勤芬買護具，廚餘桶每個都那麼大又那麼重，手、膝蓋和脊椎久了都會出問題。唉，搬家公司一次都用兩個工人了。」嫂嫂取出護腰和護膝。

「哇！謝謝阿嫂。」我說。

「又亂花錢？以為妳嫁給土豪？」哥哥皺眉。

「誰不知道我嫁了一個小氣鬼！」嫂嫂沒好氣地瞪了哥哥一眼，「這是跟我朋友買的，很便宜啦！我之前也有買給你啊，是你不戴。」逮到機會，她開始對哥哥碎念：「勤芬，妳幫我盯著妳哥，以後要戴護具上班，盡量不要用腰出力，才不會老了以後開刀，要我幫他推輪椅。」

「不准詛咒恁爸的腰。」

嫂子沒理他，「還敢說？上次你被碎玻璃割到，手腕流了好多血，竟然拿香菸的菸草貼在傷口上，用水電膠帶捆一捆，等收完垃圾才去請人家縫。還有一次，你被燈管刺傷，死都不肯去看醫生，後來手腫得跟豬腳一樣，被我硬逼去醫院。醫生說是蜂窩性組織炎，再拖下去，手就要剁掉了！」

「請病假會影響考績，考績就是錢。反正恁爸很壯，那點小傷不算什麼，等我退休，就去選健美先生。」哥哥猛吸一口菸，擠出汗衫下方的二頭肌，神色難掩得意。

「肚子那麼大，去當聖誕老公公還差不多。」嫂嫂譏諷。

「妳唷，毋捌一個芋仔番薯。」哥哥沒好氣地說。

「醫生，我全身痠痛，提不起勁，晚上累到睡不著，早上又爬不起來。」

拖了幾個禮拜，我不得不承認自己老了，以前我還能百米衝刺追公車呢，現在下公車一個沒站穩，弄不好還會膝蓋疼。揮別精力無窮的學生時期，跨過三十歲，正式步入輕熟階段，驚覺清潔隊工作對我而言，負擔太過沉重，肌肉痠痛不再是睡一覺就能解決的問題。

說到這個，以前睡一覺能解決好多問題，疲倦、壓力、心情差，不吃不喝連睡十幾個小時甚至還能減肥。現在只會愈睡愈累，睜開眼發現該死的人事物依舊像雜耍表演般繞著我轉圈圈，而我就是舞台正中央的小丑。

「妳操勞過度，加上作息不正常，怎麼把自己搞成這樣啊？」中醫師問。

「沒辦法，要生活啊。」我說。

要錢啊，要養兒子，要存退休金，要獨立，這些都是當初結婚時沒審慎思考過的事，也是離婚後非面對不可的事。

中醫師邊謄打診療紀錄邊說：「妳也太能忍，現在才來。我以前有個患者在清潔隊掃路班，他長期使用沉重的竹掃把，所以罹患網球肘和板機指。那個患者先是去看西醫，因為打針的效果最快最明顯，但是打了半年類固醇後，西醫警告他再繼續打下去，手有可能廢掉，所以他轉而來看中醫。」

「中醫比較有效？」

「不，生活習慣若不調整，再高明的醫術也愛莫能助。妳要不要考慮換個工作？」

我翻了個白眼，道：「還得養家活口呢，哪有可能說不幹就不幹？」

再說，不知是臉皮變厚，還是神經變薄，我好像慢慢接受了新身分。對路人輕蔑的無視和堂而皇之的走避漸漸無感，我麻痺了。不過，讓我真正擺脫畏縮、抬頭挺胸專心工作的是那對母子。

昨天傍晚我跳下車步向後斗，迎面是一對倒垃圾的母子，那男孩頂多幼稚園的年紀，嗅到腐臭味便皺起了鼻頭，摀著臉說：「好臭喔！」

「好……臭……喔……」是我的緊箍咒，刺痛我的腦門。我甩甩頭，等待那份不適感散去，沒想到那男孩的母親一次解開兩道詛咒。

「寶寶，」年輕母親忽然開口，以溫柔的嗓音對她的孩子說：「垃圾很臭對不對？如果沒有清潔隊，我們的垃圾放在家裡變得更臭，怎麼辦？」

「不知道。」小孩說。

「清潔隊員忍著臭味，幫忙處理我們丟掉的垃圾，是不是很辛苦？他們讓我們的環境變乾淨，我們是不是該跟他們說謝謝？」年輕母親說。

「謝謝。」小孩以稚嫩的聲音對我喊著。

「謝謝，辛苦了。」年輕母親把垃圾扔進後斗，對我笑了笑。

意料之外的善意瓦解了我的麻木，我怎麼會忘了，一樣米養百樣人，光明與黑暗總是相伴相隨，只要面向陽光，就能背對影子呢？收垃圾忽然變得沒那麼討厭了。

我挺直了腰椎，回答：「不客氣。妳的小孩好可愛。」

現在換中醫師對著我的腰椎又揉又捏，我躺在診療床上，針灸、拔罐和電療輪番上陣。但說來奇怪，或許是負負得正，經過這一番折騰，我身上幾個特定部位的痠痛不再難以忍受，舉不起來的手臂也起死回生、活動自如。

等到付清醫藥費領了膏藥，我可以跳著離開中醫診所。

興高采烈走進玩具店，我手握剛從戶頭提領的第一筆薪水，打算揮霍一下，買禮物送給洋洋。

臉書回顧告訴我，去年的今天，我帶洋洋去賞紫藤花，自拍了一張母子臉貼著臉的親暱相片。照片中的洋洋身穿俏皮吊帶褲，背景則是一串串沿著藤蔓向下垂掛的粉紫色花穗，視野往後延伸，構成一道如夢似幻的盛開花廊。

前年的今天，我和洋洋在散步時路過一座不知名小橋，河畔的黃花風鈴木開了滿樹，猶如一片金色花海。我們穿著橫條紋母子裝，下半身都是牛仔褲和白球鞋，在樹下拍攝了一系列扮鬼臉的合照，照片裡的表情精準把握住當下的幸福。

當一個女人有了孩子，人生這條不歸路的走法便完全不一樣了。我們用小碎步走著，以雙眼和心記錄著，珍惜孩子每個階段的樣貌，產檯上撕裂的痛苦彷如昨日，夜半抱著孩子前往醫院掛急診也歷歷在目。但你隨便問一個小孩，他們通常對過往丟失了印象，只專注於眼前，不認為照片中的陌生嬰兒和自己有什麼切身關聯。孩子拚命追逐未來，媽媽卻不停彎腰撿拾過去。

然而，不管幾歲，每一個洋洋都是我的洋洋，我會替他好好保存記憶。所以，今天我想拍一張洋洋的玩具開箱照，讓未來每年的這一天，都有值得玩味的相片能回顧。

在玩具店老闆的推薦下，半小時後我手上多了一把玩具刀，是時下小朋友最流行的殺鬼卡通中男主角的兵器。要想和孩子拉近關係，就得理解他們的流行。

「這把玩具刀是本季的全店銷售冠軍，日本原裝進口，和外頭仿冒的地攤貨完全不一樣，小孩愛死了。」店老闆誇口。

本來我半信半疑，下一秒，一個又哭又鬧的小鬼硬拖著母親走進店內。

「我要買那個！」小鬼指著我手上的玩具武士刀。

「瞧。」老闆雙手一攤，一副「沒騙妳吧」的表情。

十分鍾後，我提著玩具店紙袋，像拎了個名牌精品包那般神氣。

和洋洋約在麥當勞見面，他喜歡又燙又脆的炸薯條沾上軟綿香甜、冰冰涼涼的蛋捲冰淇淋。雖然一個套餐的價格相當於兩個便當，但物質有價，快樂無價，我願意付出幾張鈔票，換取洋洋一小時的快樂。

左等，右等。

超過約定時間了，還不見寶貝兒子的蹤影，又過了約莫五六分鐘，家祥才慢吞吞地牽著洋洋現身。看到洋洋，我嚥下差點脫口的抱怨。

林家祥那傢伙還是老樣子，格紋襯衫、戴副眼鏡，鏡片後方的雙眸藏不住算計，根本假文青。與曾經親密無間後來撕破臉的離異另一半和平共處實在難，我盡全力控制每一絲臉部肌肉，避免露出不悅。

我兒子洋洋就大不相同了，洋洋承襲了父母所有優點，白白淨淨，聰明伶俐，天生自帶讀書人的氣息。媽媽看兒子，就是怎麼看怎麼順眼。

「兒子！」我迎上前去，給了洋洋一個熱烈熊抱，隨即秀出禮物獻寶，「看媽咪買了什麼給你？」

「日輪刀！」洋洋大喊。

「喜歡嗎？」兒子的雀躍笑容瞬間療癒了我。

「嗯！」洋洋用力點頭。

唯獨家祥繃著臉：「今天是洋洋生日？還是聖誕節？」本事啊，一開口就放箭。

「想說洋洋會喜歡就買啦，怎麼，平常不能送禮物？」我努力讓自己的嗓音聽起來不那麼反感。

「他玩具夠多了，這些塑膠最後都會變成垃圾。」家祥說。

「對啦對啦，全世界就你最環保。」我翻白眼。
「那放妳家。」
「所有你不要的東西，都往我娘家扔，對吧？」
洋洋仰起小臉，困惑地盯著我們，「爸比媽咪，不要吵架。」
「沒事，媽咪跟爸爸聊天而已。」我硬擠出笑臉。
「對了，以後探視能不能改禮拜六？禮拜天我想帶他去打棒球。」家祥問。
真是夠了，這傢伙一天不找我麻煩就不爽快，「我說過好幾次了，我休週三和週日。」
「那好吧。」家祥轉身離去。
那個人消失在我的視線範圍後，心情立刻好轉，我和洋洋手牽手走進麥當勞，點了大份薯條和蛋捲冰淇淋，才剛入座洋洋便迫不及待拆開包裝，揮舞起那把具有聲光效果的玩具刀。
「兒子，舅舅說你常自己出來倒垃圾，你好棒，長大了耶！」
洋洋的注意力早被新玩具扯遠，心不在焉地應付著。
「快吃吧。」我把食物推到他面前。

洋洋被美食和禮物包圍，邊吃邊玩自得其樂，我則化身為兒子的瘋狂粉絲，忙著拿手機替他側拍，捕捉每一張笑顏，我的洋洋怎麼看都可愛。

「最近有用媽咪買的九十九色彩色筆畫圖嗎？」我又問。

「沒有。」他說。

「為什麼？」我問。

「爸爸說女生才畫畫。」他說。

「什麼啊？」我皺眉。

洋洋從小喜歡美勞，念幼兒園時便展現出驚人的藝術天賦，當別的小朋友還用線條塗鴉，洋洋已經注意到光影深淺的不同，會在描繪夏季的圖畫中加入光芒萬丈的金色射線，冬天則以霧濛濛的灰色表現出季節的蕭瑟。

幼兒園老師說，假以時日，洋洋有機會成為第二個畢卡索！為了不辜負老天爺的恩賜，我特地帶他去小朋友畫室上課，堅持了幾年，直至和前夫鬧分手才停止。

家祥從不主動唸故事書或陪玩玩具，下班後便和沙發還有手機融為一體。現在還搞起性別歧視？他到底什麼意思？老天，前夫真是這世上最讓人無法忍受的一種生物了。

「媽咪，妳什麼時候回家？」洋洋抬眼問道。

「這……媽咪不是說過，離婚的意思就是先生和太太分開，再也不是夫妻。與其一天到晚吵架，不如拆開來，對大家都好。」我說，「但我永遠是你的媽媽，我永遠愛你喔。」

「可是我想要家裡同時有爸爸和媽媽。」洋洋放下薯條和玩具，語帶落寞。

我悠悠嘆了口氣。

我可以提供很多母愛，願意盡量滿足孩子的物質所需，但洋洋索討的，是我給不了的東西。

兒子，對不起，媽咪真的很抱歉。我會盡快把你要回來。

「你會不會覺得〈少女的祈禱〉音樂很膩？」我問有富。

「不、不會啦，我很喜歡啊。跟妳說……全台灣的垃圾車音樂大概分〈少女的祈禱〉和〈給愛麗絲〉。民國五十幾年，台北市從……德國進口了二十一台密封式垃圾車，實施……垃圾清運工具機械化，淘汰以前用人力手拉車……的垃圾傾倒方式，當時的車本來就配有〈給愛麗絲〉音樂，就沿用到現在。我們這邊是〈少女的祈禱〉，聽、聽說當時的衛生署長聽到女兒練鋼琴，剛好彈這首曲子，就……選了它。」有富說。

「為了心愛的女兒啊，這理由我買單！對了，我好像在哪裡聽過垃圾車教英文。」我說。

「台南。有一陣子……台南市長用垃圾車廣播教民眾說英文，後來被下一任市長取消。還有新北市……也曾經用垃圾車做環保政令宣導，但民眾習慣音樂的聲音，抱怨不知道垃圾車來了……後來就改回去。」有富說。

「原來如此。」

「那個超級……英雄出場，不都會有背景音樂？所以我……我們也算是打擊環境髒亂的超、超級英雄？」

「唉，該說你天真還是傻呢？」

「老天疼……憨人啦。」

有富憨憨地笑，我也跟著笑。

連續半個月，我跟著垃圾車繞遍大街小巷，行經路線都摸熟了，也曉得內急能跟哪個店家借廁所，或是在哪邊的加油站停一下，不像之前憋得要死，差點尿道炎發作。

但，還沒完全適應新工作，梅雨季節來報到了，又為我送上更艱難的挑戰。五月梅雨季，又濕又黏又悶又熱，一言以蔽之，就是難受。

路樹、街道、空氣在雨水中接受洗禮，雨聲掩蓋了萬物的聲音，世界彷彿暫停腳步，讓了位子給落雨先行。然而垃圾車沒有停下，垃圾無時無刻不停製造。對清潔隊員來說，工作不僅不會因天候不佳而取消，反倒是加倍的辛勞。

下雨天，免不了得穿雨衣，穿著雨衣進行勞動服務，就演變為雨衣外頭下大雨，雨衣裡層汗水涔涔下起小雨的悲慘災情。對了，我早已摘下那副不實用的護目鏡。

「我的嗅覺好像麻痺了耶。」我戳戳鼻頭，自嘲道：「我猜我身上的味道也不太好，但我自己聞不到，哈哈。」

「我二十歲入行，算算……十五年了。嗅覺沒問題，就是偶爾……會偏頭痛。習慣成、成自然，加油。」有富雙手緊握方向盤，全神貫注於應付前方蜿蜒狹窄的小巷弄。

「又亂停車。」我搖搖頭。

梅雨季好像讓交通更混亂了，可惡的天氣逼死人，駕駛們都像著魔似的只顧自己方便，明明是紅線，巷子裡卻塞滿了違規停車，兩邊都只剩下不到三十公分的距離，這種路段簡直比考駕照還要刁鑽，不小心撞到路人或車可就麻煩了。

據我所知，若是垃圾車本身受損，司機責無旁貸，若是害民眾車損，清潔隊有肇事保險理賠，然而一旦動用保險，年終考績就會受影響，因此，有些隊員衡量損失後寧可自掏腰包。大家雖覺得不合理，卻無力抵抗現實的無奈。

垃圾車司機的工作可不是龜速開車那樣簡單，他們要駕駛、要小心安全、要確認民眾是否丟完垃圾、要顧慮有沒有人跟在車後追，還得注意時間表，一點也不輕鬆，難怪一堆人偏頭痛。

「對了，我哥講，彭哥跟組長告狀，說有民眾逼他的車，他要調閱行車紀錄器檢舉對方。」

「彭哥就……就是這樣。」

「彭哥超怪，有時候看起來還醉醺醺的。」

「保……力達啦，隊上每個禮拜……兩次酒測，不會讓他闖禍，別、別擔心。」

「那就好。」

有富打開垃圾車音樂，在雨聲中將音量調至最大，我偷瞄他一眼，他還沒罹患重聽真是奇蹟，我都快耳背了。車輛緩緩向前滑行，十公尺後他停住，我推開門跳下車，展開日常作業。

尖銳的喇叭聲嚇了我一大跳——

一輛轎車的車主從窗戶探出頭來，破口大罵：「喂，你們擋到車道出入口了！要住戶怎麼進出啊？」

緊接著，丟垃圾的人群一擁而上，我忙到沒空搭理他。

車主再度長按喇叭——

尖銳刺耳的「叭」和〈少女的祈禱〉互相嗆聲，組成混亂的大合奏，倒垃圾的民眾紛紛掩耳走避，也有人對他投以白眼。

「靠，到底要不要移車？」車主咆哮。

「真是夠了！」我實在忍無可忍，轉頭對車主扯著嗓門喊：「先生，你沒看見我們在執行公務？喇叭一直按，有沒有品啊？」

「你們擋路欸，叫你移車還不移？」接著又是拉長音的喇叭。

「不好意思啦。」有富從駕駛座車窗探出頭來，端出憨厚微笑，「馬、馬上走。」

我收完最後一包垃圾，踩著憤怒的重步氣呼呼回到車上。

「別生氣，要是惹、惹到瘋子，打電話到隊上投訴，吃虧的還是……我們。」好好先生有富勸道。

總是這樣，垃圾車擋道會被投訴，太早或太晚抵達也會被投訴。沒有人在乎是否因垃圾量過多而延誤了行程，也沒有人看得見拚命趕行程的清潔隊，民眾只關心自己方不方便。

不僅如此，〈少女的祈禱〉太大聲會被民眾嫌吵，太小聲又說聽不到，永遠有人不滿意。其實垃圾音樂的音量並沒有調整，只是夏天開冷氣、冬天避寒流，關上窗戶導致聽不清楚罷了。

套句俗話來說，給大家方便，卻被當隨便！下午茶閒聊時我還聽過一個很扯的，有民眾把垃圾包丟在家門口，自己躲回屋內看電視，清潔隊員沒幫忙拿走，他便打電話投訴，說我們漏了一包垃圾。類似情況，清潔隊員通常會摸摸鼻子拎走垃圾，免得還得特地繞回去。

我想念空調的涼爽、現煮咖啡的芬芳還有找零食顧客的道謝聲，說到表達謝意，為什麼同樣是服務民眾，清潔隊員卻無法獲得同等的尊重？真讓人喪氣。

又過了數站，垃圾車抵達貝多芬社區。

一趟垃圾收運約莫耗時一個半鐘頭，我使出從前在便利商店練就的看家本領，不動聲色，拿出偵探精神暗中觀察往來的居民。

優秀的便利商店店員提供的服務是細緻的，能在互動中發揮細膩的觀察力，自然而然，不動聲色，而非唐突地盯著人家看。

從前我對鄰居絲毫不感興趣，照顧家庭，把屋子整理好，煮一頓色香味俱全的飯菜，便是我生活的全部。如今不一樣了，我從丟垃圾的人變成收垃圾的人，不可能對周遭漠不關心。

留意了一段時日，我察覺到，從前居住的貝多芬社區充斥各類怪傢伙。

先說那個每次都搶第一，好像很趕時間的酷酷大叔好了。根據我的目測，酷大叔的年紀在五十歲上下，從一頭灰白的長髮，滿臉鬍渣，到濃郁的香菸味，渾身散發出滄桑陰鬱的氣質，彷彿在警告周圍的人：離我遠一點。

酷大叔每次都是一身短褲配夾腳拖，走起路來又特別快，拖著腳後跟發出一連串啪搭啪搭的聲音，好似參加快閃活動，我只能在短短幾秒鐘內，試著用少許線索拼湊出他的生活。

他通常把五官隱藏在長髮下，偶爾吹來一陣風，我才得以稍稍窺見兩道濃眉下的憂傷雙眼。他的目光鮮少和別人對焦，永遠落在虛無的某處，我猜他是廣告導演或藝術家那一類比較自由的人，因為需要靈感，所以在等待的時刻裡，便用一種慢性自殺的態度拚命喝酒抽菸。

酷大叔的一般垃圾袋子裡塞滿菸蒂，資源回收的袋子裡則裝滿壓扁的啤酒罐，他只喝台啤。也或許是其他廣告人或藝術家在他的住處一起等候靈感，類似某種降神活動。若丟出來的垃圾全由他一個人產出，再新鮮的肝和鐵肺也受不了這等折磨。

大叔後面，經常是一位做廚師打扮、手肘上有刺青的刺青小哥遞補上位。他永遠端著一鍋香氣四溢的廚餘——沒錯，我往鍋子裡探頭，驚見一整盆渾圓飽滿的紅燒獅子頭——刺青小哥動作老練地把點綴著青蔥和白菜的獅子頭倒進垃圾車後方的藍色桶子，他丟棄的廚餘，比我的晚餐便當還要可口！

家家戶戶的廚餘都是剩菜剩飯混合而成的餿水，唯獨刺青小哥的廚餘是一大桶香噴噴的紅燒獅子頭。每回獅子頭嘩啦啦地滑進藍色廚餘桶，我都覺得好浪費好可惜，有股衝動想跟刺青小哥說，廚餘不要的話可以給我。

我自己也會做菜，看得出那道獅子頭燒得極好，肉質肥瘦適中，表層裹上油亮的醬汁，和切得大小適中的蔥段、白菜一起文火慢燉，不像是學徒做壞了的失敗品。雖說已放涼了一陣子，仍不減其誘人的色香味。他是打算一遍遍練習這道料理，直逼國宴等級嗎？

這讓我感到好奇，刺青小哥應該不超過三十歲，身形修長理了個平頭，圍裙上沾有食物污漬。最奇特的地方在於他的手肘上刺了幅女人的臉，八成是分手的愛人吧？倘若是十年前，我會說刺青小哥重情重義，寧願忍耐皮肉痛，也要把愛人的面孔刺在身上永恆留作紀念。如今我對婚姻和感情失望透頂，只在乎雷射去除刺青的費用貴不貴。

說說那個頂著完整妝容、頭髮捲捲的養貓太太吧，四十出頭我猜，她是少數連倒個垃圾也堅持化妝的女人。養貓太太活脫脫就是電視劇裡的貴婦，大波浪捲髮好似剛從髮廊走出來，整臉全妝漂亮又不俗豔，指甲也經過美容，以大地色系的指彩包鑲著精緻水晶。依我看，能夠有空自己倒垃圾，應該是傳說中的包租婆。

她永遠摟著一隻臉扁扁的白色長毛波斯貓，沿路猛打噴嚏。她的波斯貓也是一絕，蓬鬆的白色長毛飄散寵物洗毛精的香味，凸顯出高貴血統，搭配那張厭世的扁臉，與猛打噴嚏的養貓太太成為有趣組合。她一直流鼻水、擤鼻涕，垃圾袋裡有許多揉成一團的白色衛生紙，感冒似乎沒有痊癒的一天。

養貓太太的垃圾袋裡除了一般家庭垃圾，還有無數個貓咪零食袋。儘管身子有點虛，她對寵物絕對是非常溺愛，我搞不懂一隻貓怎麼吃得下那麼多？牠又不算很胖。但同樣身為女人，說老實話，我還滿忌妒養貓太太每天只要打扮自己、寵壞貓咪的優渥生活。不知道她有沒有丈夫和小孩？即使有，也是個事業成功又疼愛妻子的男人，和聰明乖巧的孩子吧，完全不需要她費心傷神。

其他街坊鄰居貌似正常許多，大多數是中年婦人，偶有幾位先生，他們會在等候垃圾車時聚在一塊兒閒聊，手上拎著塞到快要爆炸的家庭垃圾，裡面滿是食物痕跡。

噢，險些忘了那位總是追趕垃圾車的年輕女孩，她是傳說中的九頭身。姑且稱她為小模吧，會這樣說，是由於她有些時候打扮得花枝招展，大濃妝搭配誇張假髮，還毫不避諱地穿著展場模特兒那種擠乳溝露大腿的洋裝。沒有工作的日子，一臉素淨的小模討人喜歡多了，一身居家服，綁個丸子頭，樣子很清純。

小模真的太瘦了，腰圍只有二十三吋吧，那副骨感身材讓我聯想到營養不良的非洲難民。偏偏她的垃圾目測體積龐大，實際上卻異常輕巧，有一次我多瞄了幾眼，發現她很喜歡吃洋芋片、餅乾之類的垃圾食物，要不然就是超市微波食品。我認為小模完全不會下廚，若是能將刺青小哥的紅燒獅子頭轉贈給她，該有多好？

清潔隊工作讓我悟出一個道理：收垃圾可以飽覽眾生百態，垃圾袋內藏著你的生活縮影。垃圾對我訴說它們主人的故事，儘管好似窺探他人的祕密，我卻沒辦法不傾聽。

至於洋洋，到底每個禮拜從家裡扔出什麼呢？真想上前問問他。或許我該找個機會溜上資源回收車，親自一探究竟。

此時此刻，我站上車後方的老位子，照例躲在膠盔和口罩後方，像跟監蹲點的便衣警察般暗中窺伺。

跟我預測的一樣，酷大叔、刺青小哥陸續現身，宛若一再重播的行動劇。有時，附近居民八卦的興致來了，會朝刺青小哥指指點點，交換三姑六婆的感想心得，身為配角，他們也相當盡責。

「又在丟獅子頭了，那個人好奇怪……」

「哼，浪費食物，會遭天譴。」

刺青小哥面無表情，只管眼前嘩啦啦流瀉的廚餘，對一切充耳不聞。

我的注意力飄向資源回收車後方，等待片刻後，果然，洋洋又一蹦一跳地出來，把裝有回收物的紙袋遞給他舅舅。

「舅舅再見！」

太詭異了，家裡哪來那麼多回收物？以前我還是房子的女主人時，兩個禮拜收一回瓶瓶罐罐，一個月才清理一次報章雜誌。好想知道紙袋裡是什麼！今晚我就要親自去翻找答案，蒂芬妮藍色的喜餅紙袋，我記住了。

帶著滿腹狐疑，我站上車後踏板，準備前往下一個停靠點。

「等、一、下！」女人放聲吶喊。

又是小模，肯定是她，每次都最後一名。我無言地嘆了口氣。

我抬起眼，正好撞見被我暱稱為小模的年輕女孩跌了個踉蹌——

拖鞋和垃圾包同時朝我飛來，有如一枚塞滿病菌的飛彈，我只有萬分之一秒的時間思考，要不要伸手接住垃圾包？

結果我閃開了，求生本能引領我側身躲避。畢竟我不是籃球國手，只是一個普通的清潔隊員。

下一刻，垃圾包化作暗夜中的一道拋物線，「啪」的一聲砸爛在地上。

袋子破了，大量零食的塑膠包裝如浪潮般湧出，有巧克力、棒棒糖、洋芋片、沙其馬、科學麵、小泡芙、數字餅乾……小模真是我生平所見，最熱愛垃圾食物之人，而且葷素不忌，戰利品來自超商和柑仔店。

小模單腳一跳一跳地過來，小巧臉蛋上的精緻五官全皺在一起，又羞又窘地說：「對不起。」

「沒關係。」我屈膝蹲下，雙手當成掃把和畚箕，暫時停止呼吸，將垃圾一把一把掬起，再拋進車斗。

「妳的鞋。」刺青小哥幫小模撿回拖鞋。

面紅耳赤的小模伸手搭著刺青小哥維持平衡，連連道謝把鞋穿上。接著，兩個人都蹲下來幫忙撿垃圾。

「妹妹……」我若有所思。

「嗯？」小模尷尬地抬起頭，以為我要訓斥她。

「妳吃得太不營養了，要多注意健康喔。」我輕聲道。

訝異空降在小模臉上，綻開了一朵溫暖微笑的花，「知道了。」

我點點頭，重返垃圾車，駛離現場，思緒卻停留在貝多芬社區門口，小模差點跌倒的凝結片刻。

其實在小模的垃圾包中，我留心到一個小細節——裡面混雜了貌似沾有嘔吐物的衛生紙。

正是這個小細節讓我恍然大悟，之前我總納悶，小模不斷以大量的熱量和反式脂肪餵養自己，怎麼都吃不胖？莫非是年輕的本錢？此時此刻我終於明白，零食包裝袋加上散發酸臭的嘔吐物衛生紙，意味著小模有催吐的惡習。

暴食症，這就是小模維持身材的祕密。垃圾等於是個資，可以判讀一個人怎麼過日子。

晚上七點多，垃圾車收班回到清潔隊，我們處理垃圾，清潔垃圾車，有富在車上操作油壓系統，把車斗升起來，我則拉著水管噴出水柱清洗車身，兩人分工合作。

彭哥晃啊晃的，來到我身後，「大媽，妳以後動作可不可以快一點，不要拖拖拉拉？」

「什麼？」

「妳們垃圾車走得慢，就拖延到後面的資源回收車，耽誤我的下班時間。」

「不然要競速嗎？」

「妳是不是很愛加班，家庭沒溫暖啊？我老婆等我回家吃宵夜欸！」

「那就快回去啊。還是在等我幫你洗嘴巴？」我威嚇性地用力捏緊手水管，水柱剎時噴濺。

彭哥輕蔑瞪我一眼才轉身離去，真是不折不扣的討厭鬼。

洗完了車，我藉口上廁所，繞了一圈溜至資源回收車旁，是時候去挖掘洋洋的祕密，弄清楚在前夫的照料下，我兒子是如何過日子的了。

沒有人在附近，我開啟手機的手電筒功能，在微弱光束的協助下搜尋洋洋扔掉的蒂芬妮藍色紙袋。

找到了，得來全不費工夫，就好端端躺在角落。

懷抱滿心罪惡，我以顫抖的手指抽出位在最上方的回收紙張，就著燈光閱讀，赫然發現，那是一張測驗卷！我認出洋洋生嫩的字跡，他的6和0常常寫得很像，被我叨念很久，始終改不過來。

再翻看紙袋，裡面居然是一整疊寫過的、各種科目、各個不同出版社版本的小三測驗卷，混雜在廣告信函和宣傳單之間。歪歪扭扭的國字和數字，與紅色的批改筆跡交織。

憤怒的燥熱從我的胃底升起，瞬間燒灼了我的心。

有人用3C產品帶小孩，有人讓安親班帶小孩，林家祥那個神經病，憑什麼剝奪洋洋的童年，用評量帶小孩？洋洋不過八歲，正是愛玩的年紀耶。

我不在身邊，家祥無能遞補母親的角色，我猜他為了省麻煩，乾脆出些額外的功課來填滿洋洋的時間，確保洋洋安靜又安分，也就是那堆寫不完的評量和測驗卷。

難怪洋洋不畫畫了。

04 寶格麗與獅子頭

「今天也吃紅燒獅子頭呀？」安柏雙腳交叉，坐在吧檯前的高腳凳上，踢著修長美腿。

天花板上的吊扇呼呼地吹，吹得安柏長髮飛揚。她剛結束外拍工作，一身改良式賽車服，藍白相間的露腰短背心搭配熱褲，臉上畫有明豔的大濃妝，雙層假睫毛、桃紅唇彩、瞳孔放大片，看似高調，青春無敵的安柏卻將一切元素駕馭得很好。

「奇怪，還是差一味。到底少什麼？」背對她的阿剛歪著頭，在吧檯後方流理檯替今晚的菜色備料。

「有沒有食譜？」安柏問。

「沒有，靠這裡。」阿剛比比腦袋，又比比舌頭。

日本家庭風格的小吃店開設在貝多芬社區一樓，極盡低調之能事，沒有招牌也沒有店名，甚至沒有員工，整間店裡只有阿剛一個人，大廚兼跑堂，販售風味獨特的日式中華料理。

不認識阿剛的人，對他的第一印象是「兄弟」，阿剛蓄著小平頭，身上有刺青，模樣活像剛重獲自由的更生人、迌迌人。尤其他不是板著臉孔做菜，就是面無表情和人交談，缺乏親和力，所以小吃店的生意始終不好不壞。

但安柏不畏懼他。

夜月皎潔，銀光遍布，早過了仙杜瑞拉的門禁時刻，小吃店也已打烊。阿剛像灰姑娘一般，從呼風喚雨的大廚身兼餐廳老闆，搖身變回下班後累癱了的普通男人。

此時，再是飢腸轆轆的客人都會被拒於門外，唯安柏享有貴賓特權。

這個追垃圾車卻把夾腳拖鞋踢飛的女子，因為阿剛幫她捧回鞋子，像深情款款的王子替灰姑娘穿鞋，又陪她一同收拾垃圾殘局，兩人就莫名其妙變成朋友了。

他們在倒垃圾的時候相遇，開始和對方攀談，安柏指著阿剛手裡的廚餘說：

「好想吃那個獅子頭！」

阿剛拒絕不了安柏眼裡滿溢而出的渴望，那份渴望閃爍著，半似星光半似淚光。同時，他也不好意思真讓安柏把廚餘帶回家，只好約她來小吃店坐坐。

安柏的屁股一沾上椅子，從此就黏住了，成為夜裡的神祕賓客。阿剛做了紅燒獅子頭給安柏品嚐，Q彈的豬絞肉與洋蔥末完美融合，和香菇、大白菜以及胡蘿蔔一起燉煮，紹興酒和白胡椒的氣味滿室飄香，讓安柏的肚子咕嚕嚕大吵大鬧。

安柏狼吞虎嚥吃了五顆，整整五顆掌心大的肉丸，然後打了個響亮飽嗝。連阿剛都擔心起她的胃，怕如此纖瘦的一個女孩子，禁不起暴飲暴食的摧殘，等等怕要鬧胃痛了。

「反正胃痛是家常便飯，呼，好久沒那麼過癮了。」安柏拍拍肚皮，露出孩子模樣的淘氣，「真好吃，味道沒有不對啊。你在哪裡學煮菜的？」

「其實……不是台灣的學校。」

「國外啊？」

阿剛面帶謙虛地笑了笑。

「你應該這兩年才回國吧？本地人嗎？我住在這裡四年了，好像今年才注意到你的店。」安柏滔滔不絕，「我猜你在日本留學，你的炸豬排很道地呢。其實我也喜歡義大利菜，日本料理和義大利料理是我最喜歡的兩種食物，雖然兩者截然不同，一個細緻拘謹，一個熱情奔放。」

「妳做菜嗎？」阿剛問。

「只會吃。」安柏傻笑。

「所以，平常家裡是媽媽下廚嗎？」阿剛問。

「對啊，所以我搬來北部自己住以後，只好天天吃外賣。沒辦法，家人都在南部鄉下，他們住慣了獨門獨院的大房子，不喜歡擁擠的北部，覺得公寓像鴿子籠。我媽每天都要去鄰居家串門子聊天抬槓，我弟會去隔壁籃球場運動，一天沒去就不舒服，哪能適應北部啊……不好意思，我是不是太嘮叨了？」

「不會呀。」阿剛微笑。

「獅子頭多少錢？能不能外帶一份？」

「免費，招待妳。」

「那怎麼行！」安柏一把搶來菜單，「我看看價格。咦，菜單上怎麼沒有？」

阿剛想了想，「因為是那個……隱藏版料理。」

「哇，那算我賺到！超級美味，有媽媽的味道。」安柏比出大拇指，「一定要

加到菜單上，絕對大賣。」

「火候還不行啦。」

「你是太沒自信還是客氣？我真心的耶。」

那次之後，兩人便經常見面，安柏一有空就到小吃店蹭飯。她偏好吧檯正中央的座位，可以邊看阿剛做菜，邊天南地北閒聊。事實上，多半都是安柏說、阿剛聽，阿剛習慣與安靜的廚房為伍，為人話不多，只有雙手很忙碌，恰好和喧鬧的安柏互補。

但阿剛每次都不收費，安柏只好說，那先賒帳吧，等到化整為零欠滿五千，她再一次把債務付清。

「喂，我欠多少了？印象中超過十頓了吧。」安柏在高腳凳上踢著腿問。

「不記得。」阿剛不以為意。

他全神貫注於刀下的薑末，雙臂以固定節奏規律擺動，彷彿以刀鋒為樂器，敲擊出一首旋律細膩的歌曲，令安柏看得入迷。

安柏不擅廚藝，是爐灶的絕緣體，對她來說，阿剛不像廚師，掌間操弄的不是食物，而是色、香、味覺彼此碰撞的魔術。

「阿剛，你很喜歡你的工作嗎？」

「嗯。」

「真好，真羨慕。」

阿剛隱約感覺得出，安柏並不缺錢，工作安排也不算積極，經常有一搭沒一搭，八成是對數字毫無概念的千金小姐。

「其實，我從小就夢想開餐廳。」阿剛說。

「那你夢想成真了耶，好棒！」安柏的指尖滑過嘴唇，自言自語道：「讓我想想，我的夢想是……我從小就希望嫁給一個相愛的男人，然後生很多寶寶，過著幸福快樂的日子。哈，是不是很膚淺？」

「不會啊。」

「一直忘了問你，為什麼在身上刺一個女人的臉？她是誰？前女友？」安柏臉上寫滿好奇。

阿剛斂起笑容，渾身散發出明顯的不自在，他還微微側過身，試圖遮掩暴露在挽起袖口之外的刺青。

「幹嘛不講？上次問你每週一公休日去哪裡玩，也是神神祕祕，不把我當朋友？」安柏嘟嘴。
「不是。」阿剛面有難色，「那個……呃……」
「看你都結巴了，好吧，不勉強。如果你想找個人聊聊，記得我在名單第一順位唷！」
「好。」阿剛應允。
他拿來一只大不鏽鋼碗，以熟練的技巧單手打入五顆蛋，接著拌入其他佐料，開始甩打絞肉，準備製作獅子頭。安柏瞪大燦亮的雙眸，興致勃勃盯著看。
「妳想不想，試試看？」阿剛瞄她。
「可是我不會做菜欸，做壞了怎麼辦？我有預感你的廚餘會變成兩倍。」
「真的，完全沒下過廚？」
「人家只會用微波爐啦，連打蛋都會失敗，好悲慘。」安柏十指相抵，可憐兮兮地說。
阿剛被她癟嘴的模樣給逗笑了，一時衝動，便紅著臉靦腆說道：「以後肚子餓，我隨時可以做給妳吃。」
「真的？那一言為定喔。」

「嗯。」

空氣中，看不見的電流彷彿四竄燃燒。

馬桶旁，安柏往喉嚨塞入兩根手指，「嗯……」

嘔吐物如瀑布般傾瀉而下，噴濺、沾黏在瓷白色的馬桶上，浴室被酸敗的氣味填滿，作嘔聲四處迴盪。安柏跌坐在地，伸長了無力的手，從鐵架扯下毛巾擦嘴，覺得自己好噁心好狼狽。

安柏近來的生活，在節食和大吃大喝之間擺盪不定。抗拒不了美食的誘惑，尤其是阿剛親手烹調的紅燒獅子頭，還有煎魚、炒水蓮和炸豬排，熱騰騰又香甜的白米飯也不錯。

問題是，安柏必須維持身材，腰間和大腿根不能有一絲贅肉，唯有體態完美，上鏡頭才會養眼。她長年以四十三公斤為標準值，每天按照三餐測量體重，嚴格管制飲食，若真的敵不住嘴饞，她就先拚命吃飽，然後再努力催吐。

網路上稱呼這種行為是暴食症，據說很傷身體，有可能造成胃食道逆流、食道灼傷、營養不良還有骨質疏鬆。也許是年輕的本錢吧，除了催吐當下的不適，其餘時間安柏都沒有異狀，照鏡子時鏡面倒映出來的女孩，仍是讓男人垂涎不已的年輕正妹。

更重要的是，老師喜歡。

老師喜歡以粗糙的指節撫觸她少女般扁平的小腹，盛讚她細緻的肌理，以及薄如紙張白裡透紅的年輕皮膚，對她投以著迷又充滿慾望的眼神。

胃部淨空以後，安柏洗了個仔細的澡，按摩頭皮、磨砂去角質、做臉除毛，然後穿上成套的黑色法式蕾絲內衣，再塗抹深紫色指彩，力求將自己的外貌推向顛峰狀態，想像自己是維多利亞祕密伸展台上的超級名模。

打理好外表，她回頭清理浴室，把同樣款式的紅色和藍色牙刷擺正，男性和女性盥洗用品分堆，接著打開手機APP叫外賣。

其實安柏很想讓老師也嚐嚐阿剛的好手藝，但她不能這樣做，阿剛的存在是祕密，不能與老師共享，阿剛和老師必須王不見王。

門鈴響起的時刻安柏剛排好餐具，她順了順秀髮，端出最溫柔嫵媚的微笑。哈，即便每個週末前來過夜已是固定行程，老師依然堅持不帶備用鑰匙，可能是擔心被師母發現吧。

這就是安柏的生活，祕密套著祕密，如彼此交疊的俄羅斯娃娃。

「老師。」安柏拉開門，獻上甜膩嗓音和一枚輕吻。

對方微微頷首，肅穆面容微露疲態，將西裝外套和公事包遞給她。安柏接過，走回主臥室放好。

老師並不全然是個老師，他的另一個身分是知名企業家，最廣為人知的頭銜是食品生技公司副總經理，一邊在大學企管系兼任講師。四十好幾的男人，年紀足足是安柏的兩倍大，喜歡慢跑和騎自行車，保養得宜看不出年齡。

不運動的時候，老師戴著一副Taylor with Respect波士頓框眼鏡，腕上掛著愛彼錶皇家橡樹離岸型手錶。老師的五官樣子好看，年輕時就頗受女人歡迎，現在則散發出熟男的優雅魅力，在同學之間颳起一陣仰慕風潮，選課時還得用搶的。

安柏自幼喪父，和寡母相依為命，獨自北上念書後，遇見在課業及生活上都有能力照顧她的人，大二便跟了他，自然而然形成依附關係。老師、老師喊了多年也改不掉了，稱謂一路沿用到畢業後。

說是戀人嘛，老師卻從不帶安柏出門，兩人總是在家約會，古時稱之為金屋藏嬌，套句流行語則是包養。有幾次，安柏想要外出慶祝兩人的紀念日，都遭到老師嚴詞拒絕。無論是職場上還是課堂上，老師皆習於發號施令，安柏只好順著他。畢竟以老師的聰明才智和社會歷練，判斷不可能出錯。

重回客廳時老師已於桌邊就坐，閉上眼享受安柏預先安排好的昏黃燭光與輕柔管絃樂，悠揚繾綣的提琴聲舒緩了老師糾纏的眉宇。

安柏平常不聽管弦樂，古典音樂她只認得垃圾車主題曲〈少女的祈禱〉。若她有權拿主意，她會毫不猶豫地播放玖壹壹的專輯。

然而房子的租金是老師付的，家具是老師添購的，她的零用錢也是向老師支領，在這屋簷下，老師買斷了安柏的話語權。他代表國王和法律，帳單就是這一切的書面證明。

此刻，公寓的國王神情放鬆，微微後仰靠著椅背，呈現舒適的狀態。

老師怕吵鬧，受不了聒噪的女人，不喜歡沒有營養的談話，開口動輒是嚴肅的經濟和政治議題。既然插不上話，安柏只好稱職扮演柔情似水的解語花，餓不餓、渴不渴、累不累？開口閉口就是這些，其他事情多說多錯。

相對無言的時刻，寧可以音樂佐餐。

「餓不餓？想先吃鼎泰豐，還是別的？」安柏嬌笑。

「來。」安柏在老師的牽引下，屈膝跪在椅子邊，任由老師抓住她的長髮，逼迫她向他臣服。

然後他們換姿勢，做了又做，用安柏喜歡的，以及老師喜歡的。

管弦樂自揚聲器流瀉而出，樂曲時強時弱，諸多音符在安柏一片空白的腦海中跳躍，她依然聽不太懂，只知道要迎合節奏。

幾分鐘後，老師將宣洩的慾望、味道、溫度遺留在她身上。曲子於燦然輝煌中結束，斷然畫上休止符。

「安柏，幫我按摩。」老師命令。

安柏繞到老師背後，以輕柔的力道按摩他的雙肩，「你看起來好累。」

「安柏？」老師倏地睜開眼。

「嗯。」安柏的雙手停下。

「不要再去拍那些有的沒有的照片了，換算下來時薪多少？何必拋頭露面賺小錢？我又不是養不起妳。」老師說。

安柏心頭一緊，卻故作輕鬆道：「老師怎麼知道我去接外快？你有追蹤我的ＩＧ對吧？我就知道你是我的粉絲。上禮拜的化妝品平拍得不錯吧？那個化妝師滿厲害，懂得凸顯我的雙眼皮和顴骨。」

「別拍了，不要拍。」

「為什麼嘛？」安柏撒嬌地說。

「現實世界沒那麼好混，好比我，是一家公司的負責人，也常常提心吊膽過日子，尤其最近地檢署咬得緊，真是煩死了。」

「怎麼啦？」

「我們公司的豆干只是防腐劑超標一點點而已，別家賣的還不是一樣？哼，想搞我，我在政界商界黑白兩道多的是朋友，不成問題。」老師正視安柏，「所以我說，妳像現在這樣，乖乖當個貴婦不是很好？」

「唉唷，人家沒有一技之長，萬一老師哪天不理我了，該怎麼辦？我想趁現在累積模特兒的經驗，認識一些人脈，比較有安全感。我的IG追蹤數已經三千了耶，上次我抱怨騎車闖紅燈被警察開單，還有人說羨慕警察，叫我『紅燈女神』呢。」

「可笑！模特兒的職業壽命只有短短幾年，超過三十歲就算老妹了，馬上會被年輕新人取代。拜託妳眼界寬廣一點，跟我在一起那麼久了，怎麼還沒有長進呢？

如果妳想學技術，我可以教妳投資理財，賺錢的祕訣在於錢滾錢。從明天開始，我會幫妳訂《商業周刊》和《經濟日報》。」老師的語氣趨於強硬。

安柏忍著啃指甲的衝動。

她內心的想法有如蠢蠢欲動的騷靈，與老師的說法完全背道而馳。這一回，她覺得老師錯了，她想從事模特兒工作，並不單純只是錢的問題。

「去把我的公事包拿來。」老師說。

安柏還在疑惑中，掙扎著如何表達，身體卻不由自主照辦，回主臥室取來公事包。

老師從裡面掏出一個牛皮紙袋，裡頭裝有厚實的鈔票，「妳乖一點，這十萬塊現金給妳，寄給妳南部的老母親和弟弟用。」

老師深知她的弱點——年邁的媽媽和智能不足的弟弟。

媽媽和弟弟兩人住在鄉下農村老家，一個不事生產，一個需要照顧。為了改善家裡的情況，芳華正盛的安柏同意老師的條件：一個月八萬塊和一個免費住處。不然光靠她在加油站打工，偶爾接幾場車展活動，根本養不起一家三口。

不光是金錢，老師的權力和社會地位也幫了許多忙，讓安柏在殘酷的現實世界中橫著走。

去年媽媽子宮肌瘤需要開刀，窮鄉僻壤沒一家像樣的醫院，媽媽怕她擔心又隱瞞了幾個月，幾次安柏打電話回家都支支吾吾才露出馬腳。安柏求助於老師，老師則動用醫學界的人脈，把媽媽接到北部，還安排了外科權威親自動刀，術後更給了安柏一筆錢，讓她買營養品給媽媽吃。雖然老師從頭到尾沒有露面，像個藏於幕後的操偶師一樣精算著下一個動作，但媽媽知道她隻身在外有個男人照顧，頓時放心不少。

弟弟打傷人那次也是，他在籃球場拍球追球，看見一個老太太牽著一條吉娃娃，不知怎的硬是湊上去想跟狗玩。吉娃娃本是神經質的小型犬，對陌生人很有戒心，弟弟一蹲下來，吉娃娃頓時朝他狂吠，還衝上去想要撲咬他。弟弟嚇得給了吉娃娃一拳，氣得老太太縱聲狂罵，弟弟一慌又推了老太太一把。是非對錯顯而易見，胖嘟嘟的大個子害老太太骨折、吉娃娃腦震盪，安柏嚇死了，弱智弟弟要是被抓去坐牢，不知能否活著回來？幸好老師聯繫了警官朋友、律師朋友和醫生朋友，跟對方家屬談和解，花了幾十萬，給予細心治療，擺平那樁意外，讓安柏銘感五內。

老師深知她的弱點，更懂得利用她的弱點。

「我想向老師請求一件事，」安柏雙手合十，大聲說道：「模特兒是我唯一擅長的事，看到漂亮的照片讓我心情很好很快樂。因為我愛你，所以我和你商量；如果你愛我，希望你能支持我的決定。」

這一刻，安柏好為自己感到驕傲，她心裡的什麼彷彿甦醒了，並隨著她的堅定語氣發芽茁壯。

「妳長大了，不一樣了，有主見了，還學壞了。」老師倏地從椅子上起身，「不，我不允許。娛樂圈太亂，把妳帶壞。」

「你為什麼都不肯好好聽我說話？」安柏傷心地說。

「我不准。」老師步步逼近，硬生生將她心頭萌芽的自我給踩平。

「好啊，你不尊重我，那我也不需要尊重你。當我沒問過，誰稀罕你的臭錢！」安柏說。

老師聽了大為光火，他抓著安柏的肩用力搖晃，眼鏡滑下鼻樑。下一刻，耳光便摑了過來。

一道白光閃過，安柏眼冒金星倒在餐桌旁的地板上，天花板呈漩渦狀不斷迴旋，時間彷若暫停。
良久以後，老師蹲下來擁抱她，撫摸著她的頭輕聲道：「對不起、對不起。妳知道我愛妳，對不對？」
不，我不知道。安柏欲哭無淚。
「餓了吧？來，我們吃飯。」老師將她扶起來，那不是個疑問句，老師向來只給答案，不問問題。
鼎泰豐小籠包早就涼了，入口絲毫沒有鮮嫩，冷冷的皮肉混雜著中年男子衰敗的氣息，和安柏對老師的熱情一樣。
她咬了一口，天哪，好難吃，像餿水。她忽然好懷念紅燒獅子頭。
必定是千篇一律的冷飯讓她終於想通，自己也是餐點的一部份，有時是前菜，有時是甜點，卻從來不是老師的正餐。特地加熱的飯菜都擺涼了，或許，心也該寒了？
愛應該是相互的，伴隨著尊重和寬容，不是嗎？老師貪慕她的年輕胴體，自私享用她的服務。這段關係裡，存在愛和關懷的成分嗎？還是掌控與圈養？
她愛他嗎？曾經愛過，愛他的博學多聞，愛眾人向他俯首稱臣的模樣。但現在，鞠躬哈腰讓她腰痠背疼了，低聲下氣讓她嗓子沙啞了，她很想找回屬於自己的聲音。

老師一定知道她患有暴食症，大吃、催吐、大吃、催吐，形成永生詛咒般的循環。老師是商人，那雙精明的眼睛和老謀深算的心思，怎會對浴室裡沾滿嘔吐物的衛生紙視而不見？

就連阿剛都比老師更在意她的健康。

就連素昧平生的清潔隊員大姐都關心她。

但老師似乎餓過了頭，自顧自張口大啖小籠包。某人的廚餘，是某人的珍饈，安柏更噁心了。

她隱忍著聽不懂的管弦樂，小口咀嚼淡而無味的食物，等到明早老師離開，她又會瘋狂吞食巧克力和洋芋片，以垃圾食物填補她被掏空的內在，然後再度催吐，想方設法將自己重新洗滌一番。最後，把這一切的一切通通打包，全數讓垃圾車載走，看是要燒掉還是埋掉。

她好渴望紅燒獅子頭，和阿剛在一起有多開心，和老師在一起就有多寂寞。

「為什麼臉上掛彩，你跟人打架啊？打輸還打贏？」安柏的鼻音很重。

「那妳為什麼哭？」阿剛小聲回她。

雨淅瀝瀝下個不停，黑暗與寂寥佔領了世界，阿剛的小吃店亦是冷清，還不到送客打烊關店的時候，阿剛就把店門上歡迎光臨的牌子轉了個方向，謝絕其他客人打擾，好好讓安柏與臉上掛著的兩行清淚獨處。

阿剛在吧檯邊拉張凳子讓她坐下，聽她哭了一會兒，等她調整情緒，準備好開口細談。他就是拿安柏沒轍，這女人讓阿剛設立的所有規矩和界線都一筆抹殺了。

「我和男朋友鬧分手。」安柏把罩衫拉緊了些，垂下肩，臉上掛著慘澹的苦笑。

「男朋友」三個字，令阿剛的心抽痛了長達三秒。

阿剛默默轉過身，陰影中，臉上的瘀青若隱若現，猶如一團青紫色的烈焰。他從酒櫃中挑出珍藏多年的清酒，爽快旋開瓶蓋，幫兩人各倒了滿滿一杯。

「咳……」安柏抿了口，給清酒的辣度嗆得直咳嗽。

阿剛面無表情，將杯中的酒一飲而盡，耐著性子等待酒精發揮麻痺的作用。他暗笑自己傻，安柏漂亮又善良，還會買飲料給清潔隊員喝，世上有幾個女孩會這樣？好女孩有交往對象再正常不過，對吧？

「我終於鼓起勇氣和他提分手了。」安柏緊蹙眉頭嚥下了酒，搖晃著空杯，要阿剛再給她倒一點，「我早就受不了他了，強勢又自私的爛人！」

阿剛眼底閃爍一絲希望的光輝，他幫她把酒杯斟滿，鼓勵她繼續往下講。

安柏又灌下一杯，舔舔乾裂的嘴唇，「不過，說我們分手了其實也不太對，應該說我們打架了，啊哈！」

「他打妳？」阿剛聲音陡地上揚。

「是我先打他的啦！他不准我接外拍，把我當作籠中鳥囚禁，我就騙他說，我看上一只寶格麗鑽戒，想要打工存錢買下來。結果他竟然寧可花幾十萬幫我買戒指，也不讓我出去工作，哼，我是他的附屬品嗎？」也許是不勝酒力，說著說著，安柏哭了起來，「我氣不過，就甩了他一巴掌。」

「然後呢？」阿剛看起來很擔心。

「他超級生氣，用力推了我一把，害我撞到牆壁，手臂好痛。」安柏眼神迷濛，輕揉自己的胳膊。

「打某豬狗牛！再怎麼說，動手就是不對。他住哪？我……我去找他算帳！」

阿剛氣得臉色脹紅。

「哇，省話一哥難得講那麼一長串話耶。」安柏苦笑著說，「你的好意我心領，千萬不要找他啦，如果事情鬧大，我就死定了，可能會被他老婆告，還會流落街頭欸。」

「老婆？」阿剛呆呆望著她。

「對啦，我是人家的小三。這是機密，我只跟你說喔。」安柏比了個「噓」。

阿剛在緘默中幫自己把酒倒滿，讓悽苦一口氣湧入喉嚨，「妳說妳，獨居。」

「對，公寓是他的房子，他偶爾才來過夜。呵，真丟臉哪，可是我叫他滾出去，我不要鑽戒，也不要房子了！」安柏臉上滿是淚痕，劈哩啪啦說道：「我沒有對你說謊，也不是故意營造千金小姐的形象，我的家人的確還住在鄉下的三合院，我說我喜歡日式和義大利料理也都是真的，雖然不會煮飯，每次買微波食品，我都挑咖哩飯和肉醬義大利麵。很多事情沒有說破，是怕你印象不好。對不起啦。」

阿剛瞪著酒杯，僵硬地點點頭。

藉著幾分醉意，安柏紅著眼眶問：「你不是說，隨時都願意做飯給我吃？我好想吃紅燒獅子頭唷。」

「獅子頭，都倒掉了。」

「那你現在做給我吃好嗎？我可以幫忙。」

「這……」

安柏眼裡的渴望頓時轉為失望，滿面淒然，「我懂了，你看不起我，認為我像公車……不，像垃圾一樣，被男人用過就丟？」

「不是！」阿剛慌張起來，「我很替妳高興，妳很勇敢。我不是……我是……唉，怎麼講，我也沒有完全說實話。」

安柏怔怔地望著他，灼熱目光讓阿剛臉上的傷又刺痛了一下。

坦白說，他和安柏一樣，度過了一個極為糟糕的週末。

「我跟妳說，我一直做紅燒獅子頭的故事好不好？」

「好。」

「我從小沒有爸爸，媽媽在餐廳洗碗，自己一個人把我養大。可是我不懂事，沒有爸爸，讓我很自卑，所以我從來不會感謝她。國中的時候我很叛逆，學人家抽菸打架，高中以後更誇張，連教官都敢嗆。後來我跟阿爆一起被被退學了，阿爆就我好朋友啦，我們不知道怎麼辦，只好跑去混流氓。」

在另一個不堪回首的時空中，阿剛是逞凶鬥狠的代名詞，家裡索討不到的父愛，自然發展為向外尋求兄弟情誼。

阿爆那幫弟兄，都是些家庭不健全的孩子，物以類聚，氣味相投。一起抽菸翹課很好玩，比乖乖上課好玩不知道幾百倍，漸漸地，叛逆成為一種癮頭，他們在班級中形成小小的勢力，勢力也隨年齡擴張，接著欺負同學、對抗老師和體制。

至此，人生好比一場豪賭之旅，他們愈玩愈囂張，賭局也愈來愈龐大，籌碼是取之不盡的青春。

「很多不好的事，我都幹過。」阿剛坦承。

安柏的眼珠子轉了轉，「討債？販毒？」緊接著抽了口氣，「該不會是殺人？」

「妳不知道比較好。」

「咦，所以你沒去日本留學？」

阿剛苦笑，笑容摻雜悔恨和惆悵，「是坐牢。」

「怎麼可能？你那麼客氣！一點都不像罪犯。」安柏瞪大眼。

「我去年剛從補校畢業，想完成我媽的心願……」阿剛瞥向角落，這時安柏才注意到那裡有座小書櫃，架上擺了馬奎斯的小說和泰戈爾的詩集等作品。阿剛又說道：「可憐的是我媽，每個月都從雲林搭火車到土城看守所會客，還帶一大鍋我喜歡的紅燒獅子頭，明明重得要死。我跟她說別那麼累，她卻說，要讓我記住家常菜的味道，才能找到回家的路。」

「唉。」

「看我媽那樣，我心裡後悔，跟我媽認錯，說等我出獄馬上回家陪她，要跟黑道一刀兩斷。」說到這裡，阿剛鼻頭一酸，「只是沒想到，有一次會客日，我等不到她，隔天聽說我媽在路上出了車禍。」

安柏嚇得顫聲吸氣。

「那個王八蛋肇事逃逸，剛好路口的監視器也壞掉了。我氣得發狂，好想逃出監獄替我媽討回公道，可是我出不去，只能躲起來偷偷哭，想想混兄弟真的很不值得。兩年後我假釋，卻再也沒有等我回家的人。」阿剛抹了抹濡濕的眼角。

「刺青是紀念你媽？」

「對。」

「伯母很漂亮。」

「全世界最漂亮。」

冷風悄悄灌進門縫，隔著吧檯，阿剛和安柏各懷心事，小口小口抿著清酒。窗外的滂沱大雨形成一道雨幕，讓小吃店宛若遺世獨立。

「不過，你說了那麼多，我還是搞不懂，」安柏打破沉默，「為什麼你要拒絕我？」

「啊？」阿剛不解。

安柏按捺不住，放聲喊道：「你說隨時願意做飯給我吃，為什麼現在又說話不算話？我喜歡你呀！你對我好，不也是喜歡我嗎？以前我們沒有把話講開，現在都說清楚了，我不懂你為什麼不順水推舟跟我在一起呢？」

告白太過突兀，阿剛的臉色驟然轉為潮紅，目光不知該往哪擺。

安柏相反，她直直逼視他，非要他說出理由不可，於是阿剛嘆了口氣，變出一個打火機在指節間轉著把玩。其實，每週一公休日的人間蒸發，是他無法對外人訴說的黑暗祕密。

「我有我的苦衷……兄弟常來找我，說開小吃店太鳥，叫我回去跟他們一起幹大事，我怕，沒能力照顧好妳——」

「老掉牙的藉口！」安柏打斷他，仰起臉對著天花板苦笑，「真糗耶，生平第一次真心喜歡一個人，第一次告白、第一次被拒絕，全都發生在同一天。」

語畢，安柏跳下凳子奪門而出，衝進雨中。

「安柏！」

阿剛追了出去，正巧目睹垃圾車緊急煞車，輪胎在雨聲和〈少女的祈禱〉中發出刺耳刮擦，形成荒腔走板的共奏。安柏則跌坐在車頭燈下的雨幕裡，在細密的淺灰色雨絲中瞪大了雙眼，猶如一頭飽受驚嚇的小鹿。

※

左手拉桿，右手接垃圾，習慣了這種模式，我已能小心提防行駛中的拉力，並分神觀察別人。窺視民眾倒垃圾是件很有趣的事，能暫時忘卻自己心裡的垃圾。

那位無時無刻醉醺醺的長髮酷大叔，除了日日產出大量啤酒罐以外，每天丟棄的垃圾包裡，固定都有底片膠捲和洗出來的照片。我會知道，是因為相片剛好貼著塑膠袋，隱約描繪出少女的輪廓。

當然，丟垃圾的整個過程速度很快，幾乎發生在眨眼之間，我只能透過日復一日捕捉到的畫面，拼湊出他們私底下的生活習慣。之前我猜他是導演，現在我認為他是專業攝影師，或著迷於攝影，會特地約模特兒出來拍照的業餘攝影玩家，八九不離十。

以他執迷於攝影的程度，說不定他也是相關同好社團的成員，會在網路上分享拍攝技巧，家中還有暗房。但古怪的是，他為什麼要把相片丟掉呢？難道對作品不滿意，有著近乎苛求的偏執人格？

酷大叔總是來去如一陣風，腳步急促，動作迅速敏捷，彷彿正趕往下一場人生大戲。我從沒見過他和鄰居打招呼，冷漠的態度和養貓太太有得拚。

養貓太太近來飽受過敏的折磨，時值颱南風的潮濕四月，許多人家家中的反潮現象讓地板、天花板和牆壁都滴出水來，養貓太太的過敏性鼻炎更嚴重了，以前只是隨時都在擤鼻涕，這幾天她的鼻頭更顯鮮紅，猶如過熟的蓮霧。

最詭異的是，她人不舒服，卻堅持和愛貓形影不離，每晚出來倒垃圾都像扛轎子的神職人員般摟著她那隻尊貴的貓。在悶熱晚風的挑弄下，波斯貓的長毛不斷拂過主人的臉，連我看了都覺得鼻頭發癢，想打噴嚏。

雖然知道有些人將毛小孩視如己出，我仍舊很想勸養貓太太放棄養寵物的念頭，不然就是先把愛貓寄養在別人家，讓她的過敏體質避避風頭。

養貓太太還有一個啟人疑竇的地方，撇除大量貓食不談，她的垃圾包裡經常塞滿了與她年齡反差甚大的少女服裝與髮飾包裝袋。

有一次，服飾的塑膠包裝從沒有綁緊的袋耳空隙跑出來，我從粉紅色蝴蝶結LOGO，認出那是我少女時期渴望擁有卻負擔不起的百貨專櫃品牌，以夢幻芭比風格聞名。

養貓太太定是財力雄厚，才能一天到晚購買專櫃服飾，再以吊牌、包裝紙等廢棄物塞滿垃圾包，根本是個瘋狂購物狂。我沒看過她扔舊衣服，或許她有囤物癖。

然而，她本人從不穿著少女服飾出門，反而偏好黑白色系的打扮。不曉得是買給誰？或許她有個青春期的女兒？花大筆錢買來衣服再轉送他人也說不過去。問題是她的食物垃圾又少得可憐，有時以咖哩雞肉、紅燒牛腩等即食料理打發，比較像是獨居。

再來談談小模和刺青小哥吧，這兩個人近來互動頻繁，等待垃圾車的時候有說有笑，上回的撲街事件似乎替二人牽起了紅線。

奇怪，小模不是有男朋友嗎？

小模的垃圾包存在一種不為人知的規律，她自以為神不知鬼不覺，但我看出來了，識破她隱藏和男人交往事實的伎倆。

禮拜二到禮拜六，她喜歡大啖垃圾食物，各類餅乾糖果來者不拒，吃了以後又逼自己催吐，用這招來維持苗條身材。我懷疑她罹患暴食症，曾好意提醒過她一次。她再不改，總有一天食道會被胃酸燒穿，胃食道逆流的毛病會像經痛一樣死纏著她不放。

扯遠了，話說回來，為何我知道她有男人？禮拜天垃圾車休息，到了星期一，小模的垃圾包裡會出現拋棄式男性盥洗用品如刮鬍刀，還有威而鋼的鋁箔垃圾。其他日子沒有，唯獨星期一。這意味著她的男人一個禮拜一次，在週末到她家過夜。

垃圾不扯謊，你的垃圾，訴說著你的人生。

小模年紀輕輕，長得漂漂亮亮，為什麼不找個不需要依靠藥物的男朋友呢？真是匪夷所思。

雨持續下個不停，閃電點亮了天際，春雷轟然，梅雨季。垃圾車再度停靠在貝多芬社區門前，人潮來去一如既往，正當我準備結束這一回合，令人詫異的事情發生。

小模不改冒失，一個箭步衝到擋風玻璃前，簡直找死。

當時我站在垃圾車後方的車斗踏板，隨著車子緩緩前行，有富措手不及，罵了句髒話急忙踩煞車，車身頓時用力一震，害我先是撞上硬梆梆的金屬，接著又從車斗後方重重摔下。

所幸下雨天視線不佳，有富比平時拿出更多的謹慎和耐性，車速相當緩慢。我從柏油路上爬起來後，除了看得見的幾處擦傷，倒沒有其他大礙。

但有富怕我有「看不見被忽略的隱形傷勢」，堅持把我們送至醫院進行完整的檢查。後來那個刺青小哥也趕來醫院，先扶我們坐下，又幫我們跑腿掛號，殷勤得很。

消毒水的氣息驅走了垃圾的臭味，重新活絡了我的思考能力。看在小模曾經買飲料請我喝的份上，不忍那張稚嫩的臉龐被呆滯和驚嚇佔據，我開口關心：「還好嗎？有沒有怎麼樣？」

她從恍惚中回神，伸出修長的腿，「好像扭傷腳了，很痛。對不起，害妳也受傷。」

我確實狼狽，撲倒在地時把長褲弄髒了，沾上大片砂土，頭髮也濕淋淋的，但她的慘狀也不遑多讓。

「沒有敲到腦袋瓜，也沒有斷手斷腳，不幸中的大幸。」我指指角落裡的一位候診患者，對小模耳語：「剛剛那位大嬸用奇怪的眼神打量我們，好像懷疑我們在雨中打架。」

「是泥漿摔角。」我們倆同時被荒謬的聯想給逗笑了。

「妳剛剛為什麼跑到車前？難道……」我問。

她望著我，讀懂了我眼中的憂慮，啞然失笑道：「我不是想自殺啦。」

「呼，嚇我一跳。讓我猜猜看，妳是不是和男朋友吵架，一氣之下跑出來啊？年輕女生最容易為愛衝動了。」

她帶著某種被抓包的神情，垂下頭，偷瞄坐在遠處的刺青小哥一眼。儘管沒有明說，那為情所困的憂傷，我太熟悉了。

「女人啊，總是因為感情問題做出傻事，妳要多愛自己一點，別為了不值得的人受傷害。知道嗎？」我還是忍不住多嘴。

一句無心之語，瞬間刺激了她的淚腺，小模低低吁了口氣。接下來，很長一段時間，她訴說了關於她自己、老師和阿剛的故事。

「姐姐，我是不是太軟弱、太依賴？」她問。

「能下定決心分手，表示妳長大囉，我覺得很棒。」我回答。

她綻放苦澀笑容，「我猜，我是終於想開了。」

「我們都必須先過好一個人的生活，才有辦法過好兩個人的生活。也許妳不要急著喜歡的男生給妳答案，可以試試看先單身一陣子，真愛值得等待。」我建議。

她若有所思，「好，我試試看。」

「妳還年輕，未來還長，一定會遇到最適合的對象，可能還不只一個喔。失戀不是世界末日，相信我，我是過來人。」我說。

這番話引起她的好奇，「姐姐也在愛情路上狠狠摔過跤嗎？」

「更慘，哈哈。」

最近我也處於陰鬱低迷的氣氛中，自從接到游律師電話後，一顆心便七上八下。監護權的案子正在審理中，游律師說，社工最近會和原監護權人以及爭監護權的人約時間訪視，也就是說，林家祥會得知我想要搶小孩的意圖，一切都將攤在陽光下，接下來是長期抗戰，我必須嚴陣以待。

我是那種願意以祕密換取祕密的女人，才不枉別人對我掏心掏肺。我把離婚的事告訴她，不只是分享心情，也希望她能從中汲取經驗，別和我一樣，為失敗婚姻付出沉痛代價。

「原來是為了小孩，姐姐才到環保局服務啊，難怪我覺得姐姐講話很有料！一點都不像清潔隊員。如果沒結婚，姐姐肯定很有成就吧？」

「怎樣才像清潔員？」

「對不起，我不是那個意思。」

「沒關係，我以前也和妳一樣，但別被螢光背心的刻板印象給糊弄囉，時代在進步，現在清潔隊裡也有很多高知識分子呢，還有碩士畢業的喔。」

「我沒有貶低的意思，只是覺得妳好辛苦。」

「不會啦，跟妳說個笑話，最近天氣不好，來丟垃圾的民眾也特別難搞。我聽說新北市那邊的同事遇到一個奶奶混在人群裡，趁亂塞進一包沒有使用專用垃圾袋的垃圾，同事上前攔截她，跟她說『阿嬤，妳這樣不行喔。』沒想到她塞了就跑，還回『一點點而已！沒關係啦。』年紀一大把跑得挺快咧，讓人追也不是，不追也不是，好氣又好笑。」

「哼，到處都是台灣鯛。」小模為我出氣，「垃圾袋一個才幾塊錢，也要貪小便宜？不想花錢買袋子，就減少垃圾量啊。」

「昨天更倒楣，發生在我自己身上，一個騎機車的男的催油門追垃圾車，可能是怕來不及，他從一公尺外丟出垃圾，像投三分線一樣。哇咧，那包垃圾直直朝我砸過來，還好姐姐身手矯健反應快，馬上用手去擋，差點就要用臉接招了。」

「太過分了啦，妳有沒有罵他？」

「當然，差點三字經都飆出來了……哈哈，沒有啦，我禮貌地請他下次注意一點。」我下意識摸摸手腕。

「他有沒有跪地求饒？」

「根本不甩我就跑了。」

「姐，妳真的應該罵髒話的。」

「不行啦，之前我哥啊，碰到一個很離譜的事。按規定資源回收車隊員要在腰上繫一條安全繩嘛，那天一個民眾要丟一包紙，我哥彎腰去接，但是安全繩把他拉住了所以搆不到，民眾當場罵他『手是不會伸長一點喔？』我哥也很不高興，回說

『小姐，態度可以好一點嗎？』結果事後被申訴，告他態度不佳。」

「太扯了。」

「沒禮貌的人比比皆是，雖說清潔隊員依法行事，多數民眾仍無法容忍被糾正，覺得受到冒犯。只能說，清潔隊好比庸庸碌碌的工蟻，尤其站在資源回收車上工作，豔陽天直接曝曬，下雨天化身為人形避雷針。那條安全繩在搖搖晃晃的行進間，作用根本微乎其微，當司機踩油門或煞車，就算有安全繩，隊員也很難不跌倒。我們看似可有可無，實則不可或缺，這份工作能確保世界正常運轉。」

小模點點頭，「我看過一些清潔隊員的職災新聞報導。」

「是啊，每天出勤都像玩命，從垃圾車上掉下來啦，或在路上遇到車禍啦，還有被機械設備捲夾的。所以現在我擔心監護權官司，法官主要考慮的因素有工作性質、收入、會不會時常加班和小孩的成長環境，還有是不是有家人同住，等於把整個家族支援系統一併納入考量。要是來探訪的社工發現我和哥哥在高風險的環境上班，不知道會不會影響他的判斷？一想到我就胃痛。」我揉著肚子苦笑。

「希望妳和妳哥都能平平安安、身體健健康康。」小模握住我的手。

「是啊，至少撐到打贏官司。」我說。

※

安柏大病了一場，淋雨引發的感冒。

病到第七天，整個人瘦了一圈，高燒終於退了，睡褲的腰圍也鬆了些。她無精打采地起身梳洗，照鏡子時望著自己凹陷的臉頰，驚覺生病比催吐還要有效。

該回老家了，無以為繼的感情再拖下去，也只是像發條鬆了的音樂盒，勉強哼出不成曲調的歌。

本來安柏已做好搬出公寓的心理準備，雖說躺著賺最好賺，但她心知虛擲青春可不是長久之計，總有一天年老色衰。她要重新開始，找份工作、找個住處，再辛苦，也苦不過不分晴雨收垃圾的清潔隊員大姐吧？

反正存款還堪用，她本來就不太愛花錢，扣除老師來訪的那幾日，平常吃的方面也節省。鄉下的媽媽和弟弟更是節儉度日，媽媽常打電話給她，說積蓄已足夠，要安柏多留點錢在自己身上。

才想著哪裡跌倒就哪裡爬起來，她便遭阿剛拒絕。

倒不是說她騎驢找馬，需要實質的幫助，她尋求的是精神層面的支撐力量，同時是友情也是愛情。她捫心自問，真的非常非常喜歡阿剛，以至於大膽告白，以及大受打擊。

那天阿剛陪她就診完，送她回家，連一句再見都沒說就轉身離開，她覺得被拋下。

整個禮拜賴在床上昏睡，渴了喝半杯水，餓了吃零食，除了身體不舒服外，一方面也是感到羞恥，寧可躲在被窩裡也不想起床面對現實。

安柏刷牙的時候門鈴響了，她拖著軟弱無力的膝蓋前去應門，門外站著快遞先生。

「李柏安小姐？」

「對。」

安柏，柏安，都是她本人。她還有許多別名，狐狸精、第三者、小三、婊子……這些標籤像符咒一般，限制了她的自由，令她動彈不得。還好那失手的一巴掌，擊碎了所有箝制。

她有種奇異的感受，既不像自己，又是最真實的自己。

怎麼說呢？她的身體好不像自己，腿毛沒刮、頭髮凌亂、皮膚出油，這輩子大概就屬現在最邋遢吧，一點都不像本來那個豔冠群芳的外拍模特兒安柏。

但她終於正視自己的心，不再以物質闊綽的包養謊言欺騙自己過得幸福。此時的靈魂最貼近真正的自我。

「請在這裡簽名。」

「嗯。」

簽收快遞後，她瞄了一眼寄件人，是老師。再掂掂重量，她猜是個首飾盒，老師就是習慣砸錢擺平一切麻煩的人，金錢是在現實社會來去自如的通行證。

拆開牛皮紙箱，印有「寶格麗」字樣的品牌紙袋映入眼簾，然後才是綁有緞帶的戒指盒，層層包裝如眾星拱月，堆疊襯托出一枚閃閃發亮的鑽戒，繁複切割帶來的璀璨光芒，幾乎螫傷她的眼。

安柏蹙眉凝視那亮晶晶的鬼東西，開心不起來，感受不到半點欣喜，彷彿置身局外，她對老師的所作所為完全麻木。

以前她會假裝，像假裝性高潮一樣假意期待交往紀念日、聖誕節、情人節以及她的生日，在收到一對耳環、一條手鍊的時候跳到老師身上猛親他的臉，裝出興奮的模樣，只為討老師歡心。現在她不裝了。

到底為什麼女人總以為男人獻上戒指就等同獻上了愛？殊不知鑽石的意義被廣告商美化了，有時候，戒指就只是戒指，它的價值僅限於標價上的金額，和愛情的份量並非等值。

鑽戒躺在安柏的掌心，以妖媚的姿態嘲笑她，彷彿在說，「來吧～來將枷鎖套上。」她該拿鑽戒怎麼辦？退回去？還是典當換成現金？

被老師推去撞牆的臂部還隱隱作痛，可能真的受傷了，傷到筋骨裡，還有心臟瓣膜裡，成為一輩子的隱疾。

「咚」的一聲，安柏隨手將鑽戒扔進了垃圾桶，和用過的衛生紙、吃完的包裝袋作伴，頓感輕鬆無比，沒有人要的東西就是垃圾。

「真紓壓。」安柏伸了個懶腰，嘴角勾起一抹微笑。

隨後，她動手整理行囊，決定先回台南老家再做打算。

只花了短短一天時間，東西就打包得差不多了，屬於她的私人物品少之又少。屋裡大部分都是老師的資產，老師買的家電、老師選的家飾品，安柏一直覺得家具沒一件看得順眼，品味太奢侈匠氣，拋下也不可惜。

傍晚六點多的時候，公寓門口已堆放了兩大袋垃圾，雖說怕在社區門口和阿剛巧遇，但垃圾不倒不行，於是她戴上口罩稍事喬裝，硬著頭皮出門。

結果，清潔隊的大姐目光銳利，依然認出她來，還跟她打了招呼。

「嗨，妹妹，好像一個禮拜沒看到妳？」大姐投以關切目光。

「我感冒，不好意思，害妳擔心了。」安柏羞赧地說。

「原來是這樣，」大姐朝她擠眉弄眼，「呵呵，我還以為妳和那個廚師去度假了呢。就是上次陪我們去醫院的那位啊，很久沒看到他囉。」

大姐向她揮手道別，垃圾車走遠，安柏愣在原地。

她什麼意思？什麼叫作很久不見阿剛？回家路上，安柏的雙腿不由自主將她帶往小吃店，阿剛的店沒有營業，門口也沒有張貼告示。

安柏在門前徘徊，佇立良久，忍不住猜測起阿剛的下落，難道阿剛故意躲她？

「大姐姐，妳也肚子餓嗎？」

安柏回過神來，低下頭，身旁站了名白白淨淨的男孩。

「弟弟，你說什麼？」

「妳也在找賣豬排飯的叔叔嗎？我好想吃他做的炸豬排。」

「我比較喜歡他的紅燒獅子頭。」

小弟弟面露狐疑，「什麼獅子頭？叔叔只賣豬排飯、鯖魚飯和炒烏龍麵還有可樂餅。」

「對，是我搞錯了。」安柏苦笑著拍拍頭。

小弟弟的糾正更讓安柏悵然若失，她責怪自己太衝動，要是沒有喝醉，沒有趁亂告白，或許阿剛和她還能當朋友，她也可以繼續享用貴賓限定的私房獅子頭，阿剛也不至於人間蒸發。

小男孩掰著指頭數：「叔叔七天沒有開門做生意，我每天都有計算喔。」

「你知道廚師叔叔去哪裡嗎？」

「我爸說他可能跑路了。姐姐，什麼是跑路？」

轉瞬間，阿剛的隻字片語在她的腦海中炸開……兩人大吵一架之前，阿剛試圖解釋什麼？是不是說，那些黑道在抓他？

安柏的心臟漏跳一拍。

聽說，一日兄弟，終生兄弟，鮮少有人能成功脫離黑道掌控，只要賺了快錢，就很難回頭領２６Ｋ，這種心態安柏懂得。

阿剛承諾過母親不走回頭路，所以黑道分子要逼迫阿剛回到組織嗎？各種動用極刑的可怕畫面在她腦海中輪播。

「不行！」安柏吶喊出聲。

小弟弟疑惑地瞅著她。

「我要報警，我要把阿剛從懸崖邊拉回來。」一股怒不可遏的力量在她體內滋長，她自言自語。

但是要上哪兒去找人？

她依稀記得阿剛手裡把玩的打火機，上面印刷著市區最大酒店的名號——東方皇宮。

幾年前，一起黑吃黑行刑式槍擊案件替東方皇宮打響了名聲，據說該處政商雲集，都是有頭有臉的人物，裡頭的小姐自然各個國色天香，還是精通多國語言的學霸，以《商業周刊》、《經濟日報》作為餘暇讀物，門口則警衛森嚴，成排黑衣圍事站得像宮廷侍衛，消費水準不是普通百姓負擔得起。

感覺像是要命的龍潭虎穴。

「不聊了，我有事先走。」安柏對小弟弟說。

不入虎穴，焉得虎子？就算是無門地獄，也只能硬闖了。

※

熟客都清楚規則，每個週一，阿剛的小吃店公休一天，老闆不做生意，不在社區進出，整天不接電話也不見人影。

無人知曉阿剛去了哪裡，他刻意保持低調。

以棒球帽掩飾平頭，壓低的帽緣遮蔽了面孔，阿剛走向東方皇宮酒店玻璃門前的泊車檯。這酒店裝潢富麗堂皇，挑高的大廳兩側矗立著象牙白羅馬柱，身披薄紗的女神塑像有的提酒瓶，有的捧鮮花，不約而同擺出誘人姿態。

阿剛和兩名身穿黑襯衫的友人點頭打招呼，外表高胖憨直的是大塊呆，抹了大量髮油、抓出刺蝟造型的則是阿爆，都是阿剛的高中同學。

「最近在忙什麼？」阿爆站三七步，努努下巴問道。

「還不跟平常一樣。」阿剛作帽T和牛仔褲打扮，他遞給阿爆一支菸，打火機點火，接著自己也燃起一支，猛吸氣時火舌舔拭菸葉。

一臉桀敖不馴的阿爆和阿剛不打不相識，高一新生報到，阿剛躲在學生餐廳後方的圍牆邊抽菸，菸抽一抽，順手將尚未捻熄的菸蒂彈到圍牆之外。剛好阿爆翻過圍牆在校外抽菸，又那麼剛好，還在燃燒的菸蒂掉在阿爆頭上，燒焦了一撮毛。

阿爆氣得髒話連連，猛拍頭髮同時迅速翻牆入校，不由分說，揪住阿剛的衣領就給他一拳。兩人打了起來，吵鬧聲引來教官，結果通通被叫去訓導處罰站，每人屁股挨了熱辣辣五大板。

屁股還在痛，跛著走回教室的兩人發現對方竟是同班同學，皮肉疼讓他們決定盡釋前嫌，將炮口一致朝向教官和老師，從此同仇敵愾；並且，阿爆因那撮在高溫中壯烈犧牲的捲Q頭髮，得到「阿爆」的綽號。

「我最近在玩『極速殺陣』喔！」大塊呆插嘴。

「手機遊戲？」阿剛吐出青煙。

「都幾歲了還在迷手遊？賺的錢都拿去課金，頭殼壞去。」阿爆撇撇嘴。

「你自己還不是抖內直播主。」大塊呆邊嘀咕邊掏出手機，「極速殺陣很刺激，可以和隊友組隊，獲得經驗值和金幣，經驗能讓你升級，金幣可以買裝備。最重要的是，極速殺陣的廣告又是我的女神拍的，當然要支持。」

阿剛和阿爆對看一眼，前者聳了聳肩。

聽說他媽媽生他的時候難產，胎位不正，本來要自然產卻臨時送進手術室剖腹，讓媽媽吃了全餐。雖然生下來是個四千兩百克的胖小子，腦子卻不太好使，反應也比別人慢半拍。

高中時期最是盛產綽號的年代，同學見他擁腫又傻氣，給他起了個「大塊呆」的綽號。某日，他在校門對面的便利商店碰到隔壁班的流氓，流氓看他軟弱好欺負，一群人把他圍在角落裡勒索，還揮拳打他踢他。

阿爆和阿剛看不下去，替大塊呆出了聲，當時他們在校園裡已小有名氣，隔壁班的不敢得罪，承諾不再找大塊呆的麻煩。於是，大塊呆黏上阿剛和阿爆，成為兩人的小嘍囉。

「看，我的女神！」大塊呆秀出螢幕。

一晃眼，手機立刻被臉上堆滿竊笑的阿爆搶走，「手遊跟毒品一樣，小心上癮！」

「快點還我，還我！」大塊呆急得跺腳。

「還他啦。」阿剛說。

阿爆自討沒趣，訕訕地將手機丟還給大塊呆。

飄散脂粉味的短裙辣妹們踩著高跟鞋走向酒店，進門前和阿爆打了招呼。阿剛的視線尾隨辣妹，瞥向開啟又立刻閉合的玻璃門，他大力吸了口菸，菸頭短暫燦亮了半秒，映照出阿剛閃爍的目光。

「靠北，阿剛，你要守著那間破店到什麼時候？回來啦！」阿爆叼著菸揶揄。

「就是啊。」大塊呆也說。

「回來幹嘛？」阿剛咕噥。

「廢話，耍白癡喔？當然是跟以前一樣啊。」阿爆嗤笑，「做這行，只要跟對大哥，絕對比開小吃店好賺。借問一下，你小吃店一個月賺多少？還不是只有那樣而已。」

「耶，等阿剛回來，我們三個又可以一起上班下班了。」大塊呆開心地說。

「我說過很多次，不幹酒店了。」阿剛陰鬱地皺了皺眉頭：「我答應過我媽，出來就要好好做人。最近我仔細想過，我這輩子只要做點小生意，娶個好女人，有自己的家，這樣就夠了。」

「你不跟我們當兄弟了？」大塊呆傻住。

阿剛嘆氣，「我覺得我們應該把話說清楚——」

「社會事哪是說斷就能斷？」阿爆把菸頭甩在地上，猛然出手，揪住了阿剛的領口，「恁娘咧，想擺脫我們？」

「放、開、他！」高八度的拔尖嗓音，安柏高舉背包，一次又一次往阿爆頭上砸。

阿剛定睛一看，只見安柏身穿車展服裝，亮眼色塊和短少布料包覆住胸臀，勾勒出纖腰與長腿。

「哪來的肖查某？」阿爆鬆手，倒退著躲開安柏的襲擊。

「冷靜、冷靜。」阿剛將安柏攔腰抱開。

安柏濃密的假睫毛因激動而顫抖，高跟鞋也踢個不停。大塊呆盯著她發愣。

「妳誰啊，新來的小姐？」阿爆傻眼。

「她是我朋友。」阿剛解釋，轉頭又問：「妳怎麼來了？還穿成這樣？」

「來酒店臥底救你啊，不是說黑道不肯放過你？就這兩個混帳是嗎？」安柏氣呼呼回答：「喂！爆炸頭和死胖子，別再來煩我朋友，我會報警！」

阿剛尷尬地搔搔頭，「安柏，跟妳介紹，這兩位是我兄弟，阿爆和大塊呆。」

「朋友？」

「對，歹勢。」

「紅燈女神安柏！」大塊呆慢了好幾拍，宛如樹懶的反射能力這才起了作用，他扯著嗓門興奮地大吼大叫：「我就知道沒認錯！我最愛的女神安柏，我為了妳玩極速殺陣，拜託幫我簽名，我還要合照！」

安柏聞言，掙脫阿剛的雙手箝制，她拉好裙襬，對粉絲揮揮手，擺出職業性的燦笑。大塊呆當場就暈了，滿臉樂陶陶。

「阿剛，你居然為了一個女人，要跟兄弟撇清關係？」阿爆五官糾結。

「叫大嫂。」大塊呆糾正。

「聽你在幹古！」阿爆忍無可忍，用力一推大塊呆的後腦勺，咆哮道：「死白目，不過就是個馬子，馬子再換就有了。」

阿剛也生氣了，「你在說三小？當初我為大家揹鍋還不夠？在牢裡浪費生命的是我，不能幫我媽送終的也是我，現在有機會過正常生活，你們不為我高興？這樣叫兄弟？」

阿爆和阿剛咬牙切齒瞪著彼此，彷彿重回多年前，那個將對方視為死敵的早上。安柏開始不知所措地啃指甲。

這時，大塊呆打破沉默，這可能是他這輩子反應最快的一次。

「你們不要吵架了！阿爆，阿剛現在有女神，我們準備紅包喝喜酒都來不及，有什麼好生氣？阿剛你也有不對，你坐牢的時候，我和阿爆每個禮拜都去你家看你媽，還陪她過生日。你媽出車禍，也是阿爆去太平間，找葬儀社來處裡的。怎麼說沒把你當兄弟呢？」他臉上流轉著受傷神情。

阿爆恨恨地別開臉。

「這些我都知道……」阿剛深深嘆了口氣，握住安柏的手，「兄弟，我們之間的帳，恐怕算不清了。我只想說，這女人從今以後是我的責任，我不會再來酒店找你們，想吃飯聊天，隨時過來店裡坐坐，我和安柏都很歡迎。」

「你說真的？」安柏怔然。

「真的。」阿剛答。

安柏微笑，笑裡嚐到鹹味。

※

曾先生忙了一整個下午，通訊錄上的號碼幾乎都打遍了，名單上的顯赫頭銜要嘛拒接，要嘛就是一聽見他報出名字立刻掛斷，試到第六十二個，他陰魂不散的努力嘗試終於有了結果。

曾先生一鼓作氣道：「老李，先聽我把話說完，求求你了。」

綽號「老師」的曾先生是「豆好味」食品公司的負責人，前陣子公司被衛生單位查驗出黑胡椒豆干、沙茶豆干、素食香菇豆干等多款風味豆干製品含工業染劑二甲基黃。地檢署蒐證後，全案移交司法機關審查，近日結果出爐。

「對，判刑了……六年，合併罰金九百萬。不是，老李你聽我說，什麼非法食品添加物？什麼致癌？不要聽記者亂講，大家都這麼做啦！嗯……嗯，財產都被查扣啦，老婆？那個爛女人捲款跑到加拿大了！老李，你一定要幫幫我，那些拿過我好處的王八蛋，通通不敢接我電話，我唯一能求的人只剩下你了。」曾先生哭喪著臉說。

白牌計程車停在貝多芬社區大門口，曾先生跳下計程車，繼續講電話。

「棄保潛逃？才不是咧，別說得那麼難聽，我只是出國避避風頭。資產都被假扣押，現金流全部卡住，大家朋友一場，你看有沒有門路，幫我把幾幅畫和一些珠寶換成現金，賤賣也沒關係……好，我再跟你聯絡，先這樣。」

曾先生一臉煩躁地來到安柏的住處門前，發現大門敞開，門內堆滿打包紙箱。

「老師？」安柏縮了縮脖子。

「妳在搬家？」曾先生環顧屋內。

安柏挺起胸，一鼓作氣道：「我在電話上說得很清楚了，我要分手，不管你同不同意——」

曾先生不耐煩地打斷，「我買給妳的珠寶呢？」

他眼裡只剩珠寶，閉眼睜眼，早已看不見昔日如珍寶般閃爍的小情人。

「你買的東西我都沒碰，在房間的珠寶盒裡。」安柏咕噥。

曾先生匆匆走進主臥室，不消片刻又帶著興師問罪的神情回來：「那枚寶格麗戒指呢？」

「我扔了。」

曾先生瞪大了眼，氣得渾身發抖，恨不得把一臉不知所措的安柏賣了換錢，以解燃眉之急。

「小姐，那戒指要四十八萬，妳曉不曉得？現在一分一毫都是救命錢啊。」他面目猙獰，咬牙切齒：「妳看到公司倒閉的新聞，故意整我是不是？我破產了，妳也別想好過，我叫娛樂圈的朋友封殺妳。」

「不要威脅我，我不受你控制了。」安柏吼了回去。

這時渾身大汗的阿剛拉著手推車回來，撞見兩人對峙的模樣暗覺不妙，他逼近曾先生，繃著臉問：「找我女朋友有什麼事嗎？」

曾先生的目光捕捉到阿剛的刺青，咄咄逼人的氣焰頓時消失大半。他並不傻，此時此刻最愚蠢的，莫過於把事情鬧大。

「我只想要回我寄放的首飾。」他說。

「我把老師送的戒指當垃圾丟掉了。」安柏老實回答。

「我拿出去的那幾包嗎？」阿剛冷冷地說：「垃圾車剛收走，如果你想把東西要回來，最好動作快。」

一小時後，心急如焚的曾先生在環保局清潔隊大門口，攔截垃圾車。

他向組長表明來意，組長陪他等到一輛垃圾車歸隊，告訴他：「這就是經過貝多芬社區的那輛。」

副駕駛座跳下一名年約三十的女性隊員，貌似手腳俐落，圓滾滾的眼珠子靈活分明。組長向對方說，曾先生不小心把重要物品包進垃圾，需要她幫忙找回來。

「勤芬，那就麻煩妳了。」組長說。

「妳女朋友長什麼樣子？說不定我有印象。」女隊員問。

「瘦瘦的，很漂亮，她平常兼差當模特兒。」

「喔！我知道她，大美女一個，還喜歡吃零食、喝手搖茶。」

「是嗎？」曾先生鬆了口氣，忍不住埋怨：「外在條件是不錯，可惜不懂得感恩，一鬧脾氣就把鑽戒當垃圾丟掉，是寶格麗的耶，那牌子很貴。真是不知好歹！」

「沒關係，我陪曾先生去找。」

女隊員領著他走往圾車傾倒平台，曾先生愈說火氣愈大。

「也不照照鏡子，自己配得起鑽戒嗎?每個月花那麼多錢在她身上，還不如去酒店當大爺更爽!幸好我跟那瘋婆子分手了，省了一大筆。」

「到了，」女隊員停下腳步，指著臭氣沖天的垃圾山說：「都倒在八〇九號車的這一側了。」

「確定是這輛嗎？」曾先生蹙眉。在他眼裡，每輛垃圾車看起來都一模一樣。

「對。」女清潔隊員斬釘截鐵地說。

曾先生察覺女隊員方才的親切蕩然無存，換成一張公事公辦的撲克臉。若非事情不宜張揚，他肯定會投訴公家單位的敷衍態度和消極作風。

曾先生勉為其難趨步上前，然而味道實在太難聞，他吸入一口臭酸腐敗的空氣，當場差點吐出來，只好趕快從口袋掏出手帕掩住口鼻。

「您慢慢找、仔細找，別趕時間，我先去忙別的。」女隊員說。

「妳不是要幫忙？」

「還有別的事，我等等再回來。」

「唉，好吧。」曾先生苦著臉，只得將鼻孔摀得更緊密。

05 我　也被丟了

「生雞卵無，放雞屎有。你給恁爸考這什麼爛成績？」尚未起床，還在枕邊與瞌睡對抗掙扎，門外就傳來哥哥的怒吼聲。

「皓皓，要聽爸爸的話，爸爸為了你的補習費，白天還去開計程車，很辛苦耶。」嫂嫂在一旁附和。

可能是大考日期逼近，最近哥哥嫂嫂盯他盯得緊，但姪子也才國一，我不懂為何要給他排山倒海的壓力。孩子嘛，健康平安長大就好，我對洋洋沒什麼要求，不用飛黃騰達，也無須光宗耀祖，勤勤懇懇快快樂樂過一生即可。

我呵欠連連推開房門，見兄嫂坐在沙發上，雙手抱胸，客廳內氣氛尷尬，剛捻熄的香菸在菸灰缸中冒出青煙，兄嫂腦袋瓜上似乎也在冒煙。

哥哥自顧自地繼續，罵得好開心，訓話時噴出飛瀑般的唾沫，皓皓給口水噴了一臉，還得低垂著頭，裝出虔敬且欣然接受淨化洗滌的模樣。

我皺眉，姪子好可憐，好像大雨天裡的流浪狗。

我輪流看著他們幾個人，嫂嫂求救的眼神瞥向我。

「幹嘛對小孩子大小聲，是考多差啦？」我問。

哥哥指著茶几上的考卷，火冒三丈：「國文二十六！」

皓皓嚇得瑟縮，瞬間矮了半個頭。

我眨眨眼，確實不理想，國文不是用來拉分數的科目嗎？我以前從沒有考不及格過，看來旁系血親的影響力還是太遙遠，這孩子遺傳他爸比較多。

「二十六是什麼鬼？乘以二也摸不到及格的邊！又不是英語，是每天都在講的國語！花錢補習還給恁爸考這見笑分數？到底有沒有認真？恁爸日也做、暝也做，是在做心酸的？」哥哥怒吼。

「是不是考卷很難？大家都考不好？」嫂嫂自言自語，「皓皓也算半個越南人……」

情況很不妙，我知道哥哥每次從皮夾掏出補習費，都用充滿期待的目光望著皓皓，希望這筆投資能獲得高額報酬，而不是像打水漂，可以想見他的失望。

但皓皓好歹在我剛離婚搬回娘家時維護過我，他是個好孩子，面對他老爸總是不大敢吭聲。好，現在是我回報的時刻了。

「念書不是唯一的出路，沒關係啦，下次再努力。」我試著打圓場。

「下次？還有下次？」哥哥將雙眼瞪得比牛眼還大，「倖囝不孝，倖豬夯灶。恁爸一天到晚在外面打拚，他只要做好一件事，就是認真讀書。」

「沒看到皓皓已經很自責了嗎？你小時候成績也沒多好。」我戳戳他，不小心戳到了痛點。

哥哥瞬間惱羞成怒，「妳閉嘴啦！自己小孩都沒在顧，還管別人？」

我也傻了，沒料到他會把洋洋扯進來，直接往我的傷心處踩。公親變事主，我喉嚨緊縮，嘴裡像吞了燒紅的炭火，熱辣辣的滋味從食道直通胃部，讓我無法出聲反駁。

我知道，自始至終哥哥都反對我離婚。傳統家庭教育認為好丈夫和好妻子都有一套模板，好丈夫就該修繕水電、賺錢養家，好妻子該像嫂嫂一樣，順從、聽話、以夫為尊。女人哪，一旦成為媳婦和母親，無論幸與不幸，就該殺死心中膨脹的自我，像聖母一樣慈光萬丈，為家庭和孩子全心付出，即使得委曲求全。因此，離婚從來不是人生可行的選項。

「你不要這樣啦……」嫂嫂輕扯哥哥的衣擺。

「我哪裡說錯？」哥哥理直氣壯。

「對，你是超棒爸爸，我是失敗媽媽，可以了吧？」我轉身離開。

心情很差，天氣則是好到過頭。

梅雨季正式謝幕，忽冷忽熱的潮濕天氣逐步遠離，夏季緊接著登場。這表示，辛苦難熬的日子站在前方不遠處朝垃圾車揮手訕笑。

即便接近傍晚，太陽公公也沒在客氣，夕陽高溫斜睨著曝曬著，讓金屬材質的垃圾車猶如一座巨大烤箱。垃圾車四面都是燙的，我的安全膠盔也是燙的，即便在短袖外接上一截袖套，在安全帽下夾了一頂遮陽帽，仍熱得我頭昏眼花，還沒熟齡也要早衰了。

我聯想到那則太陽與北風較勁的童話故事，洋洋小時候我常說給他聽，只是沒想到自己會搖身一變為故事中被拿來打賭的倒楣鬼。軍人可以因為太熱停止戶外操課，但沒有人擔心全副武裝的清潔隊員會熱衰竭。

「來，買了……冰的給妳。」有富順手遞來一瓶能量飲料，「妳好像……心情不好？」

「感恩。是有點。」

「怎、怎麼了？」

「一點家務事，跟蔣偉同吵架。不過你別擔心，我們吵習慣了，再怎麼吵，也就這樣吧。」我接過，將飲料瓶身貼著臉頰冰鎮，冷不防問：「有富啊，你三十五了吧，怎麼還不娶老婆？」

他神情怪異，皺著臉說：「問、問這幹嘛？」

「沒啦，忽然想到，前幾天嫂嫂問我『妳覺得有富怎麼樣？』」我說。

「咳……」有富被口水嗆到，咳得後頸和耳根全脹紅了。

「我嫂嫂可能想幫你作媒，聽說她家鄉有個表妹還沒嫁。」我又說。

咳嗽平息，他臉上的紅暈消褪，瞅了我一眼，「不、不用麻煩嫂子。沒有女生會想和、和收垃圾的交往。」

「原來你擔心這個。」我拍拍他的肩，「我前兩天聽到一個八卦，別條路線的同事，每天資源回收的時候都和一個補習班女老師閒聊，聊到日久生情，後來跟人家搭訕要LINE，兩個就交往了。環保局不是鼓勵回收電子用品、垃圾變黃金嗎？你也算是『黃金單身漢』耶！」

「我才剛……把家裡債務還完，不要害人比較好。」

我喔了一聲，想起有富省吃儉用度日，上班穿環保局公發的制服，下班穿洗到褪色破洞的舊衣，吃飯也在平價自助餐店草草打發，捨不得花錢在自己身上。之前我還納悶，一個獨居男子，一人飽全家飽，幹嘛不對自己好一點呢？

「說得也是，我以過來人的身分跟你分享，婚姻是第十九層地獄，姻親通通是冤親債主，奉勸你絕對不要結婚，這是我的切身之痛。」

「哈……」

有富乾笑，我陪著他苦笑。現在，我還在地獄中打滾呢。

紅燈將垃圾車攔了下來，我敲打按摩著雙腿，見他彎下腰，伸手往座椅下摸索拉出一個保健食品的紙盒，「這、給妳。」

「滴雞精？這很貴欸，幹嘛給我？」

「看到兩盒……特價，想說一人一盒，幫我的夥伴補、補充體力嘛。」

「又是能量飲料又是滴雞精的，我真的那麼遜，一直拖累你喔？」我開玩笑道：「彭哥也常虧我動作慢。好啦，我會加油，下次換我請你吃飯。」

漸漸習慣清潔隊工作，不只是因為SOP慢慢上手，也是喜歡和同事分工合作、擁有共同目標的感受，讓我漂泊的靈魂有所歸屬。有個合作無間的好夥伴真好，能不在家當黃臉婆、伸手牌更好，雖然一身狼狽，至少我腳踏實地，這是貨真價實的自食其力，而非虛假的光鮮亮麗。

車子持續往前行進，我忽然想到一件事。

「對了，你有沒有聽說，我哥除了開白牌車，又想去兼別的差？」我問。

「好像。」他說。

「唉，我家屋頂都快掀翻了。昨天嫂子和哥哥吵架，嫂子說，晚班工作已經夠辛苦，叫他不要想有的沒的，但哥哥硬說他身體是鐵打的，錢四腳、人二腳，他沒問題。」

「他們老是這、這樣，習慣就好。」

「奇怪，我哥的薪水，加上我嫂嫂去打工，一家三口日子應該還算好過啊，幹嘛想不開？補習費有那麼貴？」我瞥向有富，懷疑的目光緊盯著他，「你是不是知道什麼？嫂嫂又想寄錢回越南老家？大前年才寄了二十萬，她那個敗家弟弟又來裝可憐討拍？」
「沒有，別亂想。」
「話說回來，清潔隊員可以兼差嗎？」
「滿多的啊，有同事……白天開計程車、送便當，賣臭豆腐的也有。只要不、不是從事相關行業就好，要注意……利益迴避。」
「如果兼差有利益衝突，會怎樣？」
「炒魷魚。」
「是唷？」
哥哥到底在神祕什麼呢？算了，我不想計較，更不敢探究，反正他付得出補習費和安家費就好。
貝多芬社區到了，我在垃圾車煞車後跳下座位，開始認份工作。
最近，小模和刺青小哥同進同出，形同老夫老妻，經常手牽手出來倒垃圾，還會笑咪咪地和我打招呼，感情真好。
「大姐，辛苦了。」

看小模臉上堆滿幸福甜蜜，我故意曖昧問道：「唉唷，我該準備紅包了嗎？」「有好消息一定通知大姐，紅包不必，大姐也算我們的媒人嘛。」刺青小哥緊握小模的手，語氣靦腆害羞。

我注意到，他們的垃圾包也不一樣了，是愛情力量的驅使吧，刺青小哥不再一鍋鍋任意丟棄紅燒獅子頭，也許拿去餵女朋友了，讓小模在美食和新戀情的餵養下整個人圓了一圈，氣色紅潤健康，另有種嬰兒肥的福態美。

這同時表示，她成功戰勝了暴食症，我著實為兩人高興。

但放眼前來丟垃圾的民眾，養貓太太就沒那麼幸運了，她似乎飽受過敏之苦，臉色愈來愈差，身形趨於單薄，本來就不胖的人快要變成一把骨頭，連全妝和盛裝也遮蓋不住形銷骨立的「病氣」感。

每晚倒垃圾，她總是獨自站在騎樓下，如一縷即將煙消雲散的幽魂，最後一個飄向垃圾車，眨眼間又悄然無蹤。

她的垃圾也隱約透露出疾病纏身的信息，袋內出現了滴雞精的即食鋁箔袋，每天至少一個。有富最近才送我一盒滴雞精，所以我不會認錯。

做這一行，有時不免感慨，我們從垃圾中看透一個人的隱私，手機帳單、水電費帳單、廣告信函和便利商店收據，能分析出生活模式，讓清潔隊員好比全知的神。

問題是，便利商店的工作將我訓練成關注他人需求的人，清潔隊工作又將觀察的技巧琢磨得更上一層，而今，養貓太太成了個枯索的女子，要我眼睜睜看著她凋零卻不聞不問，我心裡過意不去。

輪到養貓太太上前，她拎著垃圾，另一隻手抱貓，戴口罩的嘴不停咳嗽，咳得非常用力，咳到眼角泛淚，聲音也沙啞了。

這天，可能是天熱腦燥，可能是和哥哥的衝突餘怒未消，也可能是良知在我體內蹦蹦跳跳讓我頭暈，雖然互不相識，我還是喊了她。

「太太，再不把那隻貓的毛剃乾淨，妳的病恐怕好不了，要保重身體欸。」我裝作不經意地說。

「什麼？」養貓太太愕然。

我繼續說：「別怪我多嘴，妳的氣色愈來愈差，不知道的人還以為是生重病呢！波斯貓毛太長，在空氣裡面飄來飄去，會影響呼吸道，我建議妳還是處理一下。迷信健康食品，問題不可能改善啦。」

養貓太太的驚詫眨眼轉為惱怒，「妳不知道貓剃毛會自卑，而且會失去對皮膚的保護嗎?不懂裝懂，莫名其妙!」

她嚴厲地瞪我一眼，隨即摟著貓離開。算了，不領情就算了。

夜裡返回隊上，我再次摸黑走向資源回收車，想趁下班前搜刮一番。我是垃圾界的福爾摩斯，藉著垃圾拼湊出對洋洋生活的想像，每一件物品都化身為一片拼圖，讓我更貼近兒子的日常全貌。

林家祥肯定猜不到吧，我以如此天才又不為人知的方式將觸角伸進他們的生活。我會慢慢蒐集證據，布下天羅地網，他再不對孩子好一點，就等著把監護權拱手奉上。

「測驗卷，還有美勞。」我順手拾起作品，一張張翻看。

其中一張眼熟的圖畫佔據了我的視線。

畫紙上是一望無際的草原，一個頭戴草帽的女人牽著約莫四、五歲的小男孩，兩人相視而笑，旁邊還有一大群綿羊埋頭吃草。

剎那間，視框猶如抽換了幻燈片，藍天白雲、綿延山嶺、清新空氣、綿羊便便以及塞車……那年夏天，風光明媚的清境農場重返眼前。

畫紙上，洋洋歪歪扭扭的童稚字跡寫著：「媽咪我愛您，祝您母親節快樂！」

這是一張母親卡！母親節才剛過，我沒有收到卡片啊？這是刻意、有計畫地將我從兒子的生活抹除！即使離婚做不成夫妻，我還是孩子的母親耶。林家祥憑什麼？

「勤芬，妳做、做什麼？」突如其來的聲響，嚇得我全身血液急速冷凍。

我瞇著眼，僵立於手電筒的強光下，思緒糊成一團，手裡還抓著某人的電信帳單，當場成了偷竊個資的現行犯。我會不會丟工作？監護權怎麼辦？

「亂翻民眾的垃圾是不、不道德的，如果被發現，可能會……被開除！」有富皺眉。

「拜託不要跟別人說，包括我哥。」我支支吾吾。

「妳想拿、拿東西去變賣？」有富問。

「我沒有拿東西走，只是看看洋洋丟了什麼，想知道洋洋過得好不好，最近忙些什麼，功課會不會寫，考試考得怎麼樣……」我哽咽：「你不知道我有多痛苦，我想陪伴兒子長大，可是前夫總有一大堆抱怨。生完小孩以後，他就對我走樣的身材很有意見，怪我帶不出門。也對啦，身上掛著一個哭哭啼啼的嬰兒，哪有辦法打理自己？我試著討好他，用和攤販討價還價省下來的菜錢買衣服和首飾，他又有話說了，嫌我打扮得老土，像菜市場走跳的大嬸。

「我搞不懂，一件一百塊的衣服怎麼了嗎？我又沒上班，妝點得花枝招展要給誰看？是要打扮給誰看？內衣褲破洞，用針線補一補就可以再穿，反正藏在裡面，誰看得出來？明明是節儉，卻被他貶低為寒酸！

「每次一吵架，家祥就罵我是不事生產的米蟲，只會伸手跟他領生活費。問題是，我們當初說好了男主外女主內，由我專職照顧小孩，變相省下了褓姆費，不是嗎？慢慢慢慢地，一個沒注意，感情就消磨光了。他先開口提離婚，起初我不願意，怕洋洋失去健全的家庭，可是他不放棄，終於我也受不了了開口回嗆，要離就離吧！

「我一同意離婚，前夫的態度就一百八十度大轉變，好聲好氣想說服我放棄監護權，說什麼夫妻反目對孩子的心靈健康有害，我們應該扮演成熟的大人，理性分手，既然我養不起孩子，就把監護權給他嘛，他願意放我自由，吧啦吧啦，我不理他他就發脾氣，弄到我整個很煩，糊里糊塗答應了。事後回想起來，林家祥根本是策畫好的，他是技巧性地把我甩掉。」

母親為了孩子偷拐搶騙，不是理所當然的嗎？為了孩子，我可以當壞人，我不介意。

「有富，我一定要奪回洋洋的監護權，請你體諒我。」

有富聽了，默默關閉手機的手電筒功能，低聲說：「這樣、不對。」

「不要舉發我，我需要這份工作，拜託。」

「那妳保證……不會再犯。」

我該如何對做不到的事許下承諾？但是在有富嚴肅的逼視下，我只能屈服：

「知道了，我保證。」

「走吧。」

才剛爬下資源回收車，這時，有人高喊我的名字——

「勤芬！快過來，偉同受傷了。」

我和有富同時邁開步伐，衝向人群圍觀之處。

「偉同被針頭刺傷了。」組長抓著哥哥的手說。

「你沒戴防割刺手套？」我問。

「戴手套怎麼點菸？恁娘咧，有夠衰。」哥哥聳肩。

「到底哪個沒公德心的？醫療廢棄物明明不能回收！」組長蹙眉。

「民眾亂丟……有什麼辦法？我們把垃圾接過來……就算裡面有炸、炸彈也不知道。」有富嘆氣。

收運垃圾的時刻兵荒馬亂，隊員不可能一一檢查，只能相信民眾的良心，等於是把安全交到民眾手裡。

尤其，夏天為回收旺季，手搖杯和啤酒罐在資源回收車後斗上堆積如山，車輛行進間，我哥每天都在唸，他幾乎是踩在滑動的回收物上進行踩扁和分類的作業，雙腳完全碰不到地。每當回收量太大，回收物疊得過高，連安全繩的扣環也被掩埋在成片垃圾海洋之內，壓根扣不到。

哥哥常開玩笑說，要是垃圾車遇到緊急煞車或駛過窟窿，他一定會被拋飛出去或是跌倒，要我們務必去環保局抗議，要求賠償金，拿點錢回來，這樣他一條爛命也算值了。然後嫂嫂就會叫他閉上那張臭嘴。

我也覺得他蠢笨到不行，有些玩笑不能開啊，不知道說的人笑容灑脫，聽的人胸口悶痛嗎？

「免緊張，髒血已經擠出來了。以前沒有防割刺手套，恁爸什麼都被刺過，竹籤、鐵釘、玻璃、刀片……」哥哥蠻不在乎地說。

「萬一是毒販用來施打毒品的針筒呢？要是人家有愛滋呢？」我的焦慮到達頂點。

先是洋洋丟掉的母親卡，接著是被有富抓包偷翻垃圾，現在哥哥又受傷，沒有一件事順心如意。我覺得老天爺處處和我作對，讓我和監護權愈離愈遠……再看哥哥逞強的模樣，只是更讓我生氣而已。

「走，我載你去掛急診，一定要預防性投藥才行。」我拉著他的衣襬。

「那是自費療程，要兩三萬耶！」哥慌張地拍口袋。

「先打……再說，之後再……請工會協調，看能不能請、請領保險理賠吧。」有富說。

「唉呀，都怪彭哥啦，是因為回收物堆得快要比車斗高，才害恁爸受傷！恁娘咧，堆到兩層樓的高度耶。」哥哥說。

「你說啥？」彭哥從人群中鑽出來。

「害恁爸整個人趴在上面！要是被樹枝還是電線掃到，恁爸就摔下車了。這樣還不去回收廠倒掉？還叫恁爸『吃下去』？現在還要花錢看醫生。」哥抱怨。

夏季回收物量大，加上哥哥白天忙著兼差，想趁年輕多存些養老金和兒子的學費，疲勞讓他的脾氣有點大，失控的頻率增加了。

不久前，他才因為皓皓考不好而大發雷霆，沒隔幾天，又為了嫂嫂想回越南探親，夫妻倆狠狠吵了一架。哥哥氣得摔門，整晚躲在房裡，嫂嫂則跑出去找朋友訴苦，拖到半夜才回家。

「屁蛋啦，是你故意不踩紙箱，車斗才會那麼快滿耶。」彭哥說。

「聽你唬爛！」哥哥回。

「去回收廠要過磅就知道啦，一車才兩三百公斤，一點點而已嘛。明明可以吃下去的，因為你偷懶，要我每天那樣開來開去，很累耶。」彭哥哼了哼。

「誰偷懶？你才整天呷飯棒賽！」哥哥衝上前，推了彭哥一把。

彭哥也不甘示弱，動手推回去：「安怎啦！」

哥哥來勢洶洶揚起拳頭要揍彭哥，立刻被有富攔腰抱住。

「做什麼？」組長推開人群，伸出雙臂橫擋在兩人之間，「吃飽太閒是不是？」

「組長你評評理，我從來不遲到早退，也沒有請過假。姓彭的愛膨風，說我上班偷懶啦。」哥哥說。

「有種外面講啊。」

「幹！以為恁爸怕你？」

怕哥哥再度爆衝，有富則將他摟得更緊。

「都給我閉嘴，否則兩個通通去寫檢討報告。」組長怒吼。

這下子哥哥和彭哥立刻閉嘴。

從事勞力工作的人，最討厭坐在辦公桌前寫檢討報告。清潔隊員寧願花一小時整理紙類和鐵罐，也不願像個小學生似的，邊查字典邊苦思作文。

「偉同，我知道你敬業，但你有不滿應該來找我。還是說，你覺得找我沒用？」組長問。

「不是。」哥哥悻悻地說。

「彭哥，你都快退休的人了，大家也喊你一聲『哥』。怎麼跟年輕人你一句、我一句的，還約在外面見呢？」組長無奈地揉搓額頭。

「沒有要單挑，是約喝茶啦。組長要不要去？」彭哥咧嘴。

「不必，下班了，通通滾回家。」組長揮揮手。

人群四散，哥哥和有富也走了，只有我呆立原地，愈想愈不對勁，總覺得哪裡怪怪的。

不對欸，組長以搓圓仔的方式，把衝突給搓不見，但問題依舊沒有解決。於是我追上前。

「組長！」

「幹嘛？」

「如果隊員發生意外，司機也有連帶責任，會被調查對吧？」我問。

「妳想說什麼？」他沒有放慢速度。

我一路跟到辦公室，「大家都知道彭哥在車上偷吃檳榔，身上還有酒氣，彭哥已經很皮了，還要繼續放任他嗎？」

「話不能亂說唷！」組長一瞪，「妳嫌彭哥難相處？那是妳沒遇過更難搞的。以前有個隊員很喜歡隨身攜帶攝錄影機，一天到晚和民眾吵架，紙杯便當沒洗乾淨就直接退貨。」

「紙類回收本來就要弄乾淨。」我嘟噥。

「是沒錯，但民眾也會說，為什麼以前可以，現在就不行？為什麼別的清潔隊員就收，妳就不收？隊員被投訴，隊上就要處理、要寫報告，隊員可能被申誡懲處。這還不打緊，寫完報告還要回覆民眾，還要進行滿意度調查，民眾不滿意，又要提出改善方式，搞得大家都很頭痛，每天弄這些狗屁事就飽了。勤芬哪，工作已經夠辛苦了，多一事不如少一事，不能睜隻眼、閉隻眼嗎？」

我還想辯駁什麼，但組長的耐性顯然已經用罄。

他冷冷地盯著我，「勤芬，聽說妳要打監護權官司？」

剎那間，彷彿有隻隱形的手掐住我的喉頭，「官司……不會影響我工作，組長不用擔心。」

「聽說法官和社工人員會參考同事和主管的意見？」組長臉上浮現滿意的微笑，愉快地說：「奉勸妳，脾氣不要那麼硬。如果妳很擔心偉同，乾脆和他職務互調，妳去頂他的位子好啦。」

哥哥和彭哥大打出手的隔天，組長宣布：「我在編組上做了一點小小的調動，偉同和彭哥這麼愛吵，分開好了。從今天起，勤芬和偉同職務互調，彭哥和勤芬一組，負責資源回收車，有富和偉同一組，負責垃圾車。」組長說。

我瞪著組長的嘴唇，彷彿他說的是外星語，有富拋給我一個同情的眼神。

到了出班時間，我一臉了無生趣，慢吞吞爬上車前座，一上車就打開窗戶並盡量往外靠，逃離彭哥身上濃濃的煙味和檳榔味，畫出壁壘分明的界線。

他的嘴簡直比垃圾還難聞，但是為了薪水，我還是得咬牙忍耐。

我討厭檳榔，我哥婚前也有嚼食檳榔的習慣，結婚後嫂嫂不喜歡，再來皓皓出生，他就乖乖戒掉了，現在偶爾在朋友請客時意思吃個一兩顆。菸、酒和檳榔是男人的社交利器，女人的友誼建立自訴苦，男人的情誼則來自鬼混。

但我不想對彭哥訴苦，更不想與他一同鬼混，我想念有富。

資源回收車尾隨垃圾車，按照固定路線前行，在抵達之前定點展開資收工作前，我和彭哥必須受困於同一個空間，在尷尬的氣氛中保持靜默。

唧！彭哥突然緊急煞車——

「唉唷！」我才剛上車，還沒扣好安全帶，於是整個人往前衝，額頭撞上擋風玻璃。

彭哥沒搭理我，他忙著把頭探出窗外跟機車騎士吵架：「你他媽突然煞車幹嘛？欠撞？」

機車騎士朝我們比了個中指，催油門揚長而去。

「七月半鴨仔，毋知死活！」彭哥一拳捶向方向盤。

「彭哥，你也跟太緊了，要是安全距離夠，就不用急煞，也不會害我撞到擋風玻璃。」我摀著額頭說。

當你討厭你的同事，職場就成了活生生的牢籠，你卻做不出困獸之鬥。

「車子坐起來不夠平穩舒服膩？」彭哥咧開紅通通的檳榔嘴。

「開車本來就該小心。」

「不滿意的話，去找個吹冷氣的工作嘛。」

「你到底對我有什麼意見？從我報到的第一天，你就看我不順眼。」

「年輕人要嘛擺爛，要嘛隨便做，考績乙等也不在意，不知道招進來幹嘛？這就是我的意見。」

我的腦袋以光速運轉，神經元瞬間接通，「我懂了，你還在記恨親戚沒考上的事？大家都在傳。」

「呵呵，有關係就是沒關係啦。」彭哥冷笑。

「不要亂講喔，是你親戚能力差，不是我佔了她的位置，大家憑實力競爭。」我說。

「對，但考試真的公平嗎？筆試是錄取會讀書的，還是需要工作的？通過體能測驗的，是跑得快的年輕人，還是中高齡的？社會新鮮人找不到工作，為了先求有再求好，一窩蜂往清潔隊擠，把這一行當跳板，排擠到要需要養家的人。請問清潔隊到底要請拿筆的？還是拿掃把的？」彭哥問。

清潔隊員待遇比照公務員，沒有面子，但裡子很夠，雖然上班累了點，至少下班能逛逛夜市、看看電視，賺的錢也可以養家，環保局是公家的也不會倒，所以每次招考都搶破頭。

於是我說：「現在社會普遍低薪，大學畢業才領兩萬六七，誰不想來做四萬塊的工作？」

「年輕人還可以出去闖一闖，高齡失業就只有死路一條，出去找頭路也沒人要。清潔隊的中高齡，規定是四十五到六十歲，但是，四十五歲和六十歲可以擺在同樣的起跑點嗎？妳說誰有競爭力？」彭哥啐道。

「不是每個人都有背景有資金有手腕和人脈開公司當老闆，我們也想要有抱負有志向，但大環境不允許啊。」

「所以我說，清潔工作到底該給誰做？不是該優先開放給社會上需要被照顧的人嗎？妳呢，真的打算在清潔隊做到退休？還是當作臨時打工？」

他在義憤填膺什麼？一個沒有羞恥心的長者，憑什麼教訓年輕人？

彭哥那個老屁股，平常是出了名的愛貪小便宜，組長請喝飲料，或者同事從家裡帶來粽子米糕等點心，他都光明正大拿兩份，還一天到晚跟別人討菸抽。因為彭哥年紀大、資歷深，也沒有人多說什麼，但那副貪婪嘴臉，我早就看不下去了。

「真的很不想跟你同一車。」我嫌惡地說。

「去跟組長哭夭啊。」彭哥輕蔑地笑了笑。

到定點了，我不理他，逕自跳下副駕駛座。

民眾來來去去，很快地車後斗的大嘴就被資源回收物填滿，我使勁踩踏空寶特瓶罐，忽然間，一個汽水瓶的蓋子噴飛，裡頭酸臭的液體噴了我滿頭滿臉！

「我的眼睛哪……」雙眼猛流淚，我爬下車後斗，跌跌撞撞衝回副駕駛座，抽了張面紙抹臉。

「安怎？太傷心流目油？」彭哥似笑非笑地望著我。

「沒事。」我握緊拳頭，嘴硬地說。

「離開舒適圈，不習慣吼？」他說。

「閉嘴啦。」我說。

舒適圈在哪裡？

離婚後，這世上就不存在所謂舒適圈了，我沒有丈夫，失去孩子，好不容易找到工作進入新環境，現在又被迫遠離好友，和一個不喜歡的陌生人搭檔，一切的一切都只能靠我自己。

此刻，我心中塞滿了由不確定因子堆積而成的失落。

自從有了小孩，我就變得異常淺眠，時而幫小孩蓋被，時而輕拍他安撫入睡，尤其最近我更是睡不好，等待社工跟我聯繫的每一天都度日如年，時光停滯不前。某個半夜，一陣天搖地動將我從睡夢中震醒。直覺反應令我起身保護洋洋，當我伸出胳膊，才恍然想起洋洋已不在身邊。

地震幾秒鐘就過去了，在我心裡激盪的惆悵，卻如漣漪般久久不肯散去。後來，我失眠直到天明。所以我格外看重洋洋的生日，早在兩個多月前，我便開始著手策畫。

在我勾勒的美好藍圖中，一早起床就要騎車飛奔去前夫家接洋洋，母子倆找間氣氛悠閒的餐廳共進早午餐，然後幫他點一份他喜歡、平常我卻捨不得花錢的美式拼盤。我從昨晚開始空腹，想要好好奢侈一下。

接著，我要帶洋洋去玩具店領取我事先預訂的殺鬼隊卡通禮物組，福袋裡有一件浴衣、一套文具組和一隻公仔玩具，全部印有殺鬼隊的卡通圖案。吃飽喝足買爽，再去公園溜滑梯、盪鞦韆，幫他側拍留念，最後以麥當勞蛋捲冰淇淋搭配炸薯條作為結尾，結束充實完美的一天。

結果，實際操演下來，卻是完全的事與願違。

「蔣勤芬，妳真的很可笑，說好洋洋的監護權歸我，妳有探視權，現在是怎樣？」家祥一臉怒不可遏，與我在貝多芬社區大門前對峙。

本來我站在樓下等洋洋，家祥卻踏著來勢洶洶的步伐獨自現身，顯然已得知監護權官司的事。

我揚起下巴，堅決不退讓，「我覺得由媽媽來照顧兒子比較好。」

「妳連自己都顧不好！」家祥譏笑，「請問妳存款多少？」

氣死了氣死了，我沒有儲蓄，還不都是你們林家害的？可惜我當初不夠聰明，沒有主張家庭主婦提供勞務也該支薪。

「有錢了不起？告訴你，我現在有穩定工作，家裡還有哥哥嫂嫂和我姪子，這叫做後援。哪像你一天到晚加班，洋洋都自己一個人在家，當鑰匙兒童。」

「妳別亂誣賴人，我每天回家陪洋洋吃晚飯，幫洋洋檢查作業、簽聯絡簿。況且當初離婚，我們都同意洋洋跟著我比較適合，不是嗎？」

「這年紀的小孩需要媽媽。」

「妳又開始鬼打牆了，關於這點，離婚前不是討論過了嗎？我不懂妳現在提這個要幹嘛，所以咧？」他的嘴臉，好像我是個無知的愚婦。

我結巴反駁：「人的想法會改變……」

「洋洋好不容易適應現在的生活，妳想讓他搬家轉學，妳問過他的意見了嗎？」家祥的口氣愈來愈咄咄逼人。

辯不過他，我只能說：「反正，快叫洋洋下樓啦。」

「沒有人阻止妳們母子團聚，洋洋只是上廁所。」家祥冷冷地說。

洋洋果然從家祥身後冒出來，「媽咪？」

「乖兒子，生日快樂。」我往洋洋臉上親了一下，迅速牽著他離開，懶得搭理林家祥，「走，我已經準備好大吃一頓。」

「我吃過早餐了，還很撐。」

「這樣啊……」我難掩失落，「那就不吃了，我們直接去拿你的生日禮物吧。」

一路上我的心都砰砰跳，能滿足孩子，是身為父母最大的成就。抵達玩具店，我喜孜孜拿出收據，跟老闆兌換原先寄在店內的禮物袋。

「喜歡嗎？」我在手機鏡頭後方期待著，準備捕捉開箱的剎那。

洋洋拆開包裝，臉上神情木然，「媽咪，這些東西我都有了。」

「啊？」

「爸爸買給我了。」

我愣了好幾秒，至此，小小的失落演變為大大的失望。真是夠了，前夫故意和我較勁是吧？為了彌補洋洋錯失的母愛，我絞盡腦汁安排親子時光，現在全泡湯了。

最終，我只好把禮物退掉，讓洋洋自己挑一樣喜歡的東西。結果他選了任天堂遊戲卡帶，還不是那種有可愛動物的，而是一款畫風超齡的冒險闖關遊戲。

「爸爸買了一台遊戲主機，可是附的遊戲好簡單，我一下子就破關了。」洋洋對新卡帶愛不釋手。

「現在就玩這個，不會太早熟？」

「我好多同學家裡都有。」

「你爸好時髦，我這輩子都沒玩過遊戲機呢。那……要控制玩的時間喔，怕你近視了。」我暗自生氣，林家祥還真懂得拉攏小孩，「我們去公園玩好不好？」

「我想回家，跟爸爸還有阿姨一起打電動。」洋洋以哀求的目光望著我，「可以嗎？媽咪？」

「什麼阿姨？」我立刻戒備起來。

「爸比的朋友呀。」洋洋眨著無辜雙眼。

有女人登堂入室，肯定不只是普通單純的朋友。我忍不住結巴，「那個阿姨……常到家裡打電動嗎？」

「對。」洋洋拉著我的手撒嬌，「可不可以嘛？」

「……好。」

離異不過數月，家祥便發展出新的戀愛關係？我自認不是心胸狹隘的女人，前夫談戀愛甚至再婚，我都沒意見。但是，他真有打算再婚嗎？再婚的女人，洋洋也叫她媽，是嗎？

林家祥踩到我的底線了，而且意圖非常明顯，拋棄具有象徵意義的物品，代表斬斷連結。而我，不會讓他得逞。

洋洋的母親只能有一個。

06

徠卡相機與波斯貓

大正丟垃圾時向來行色匆匆，踩著夾腳拖鞋卻健步如飛，永遠搶第一個，為的就是避免和嘉莉碰面。和前任同住在一個社區實在情非得已，礙於某個理由，他們誰也不肯搬離。

再怎麼尷尬，垃圾總是要倒，於是他們盡量錯開彼此，裝作互不相識，倒也相安無事多年。

今天，大正的雙腳卻被那位清潔隊女士的多嘴給拖住了，彷彿就地生根。

「妳氣色糟透了，不知道還以為妳生病呢！」她說。

大正停下腳步，撥開前額長髮回望。

「建議妳還是給波斯貓剃毛比較好……」冒冒失失的清潔隊員深怕嘉莉聽不清楚，吼得比垃圾車音樂更大聲，引來民眾側目。

之鄉烘焙工坊

嘉莉渾身一震，緩緩緩緩地轉過頭，怒焰金光在眼眸裡兜轉。

大正太熟悉嘉莉發怒的模樣了，平靜的日子不興波瀾，錯肩而過多年，大正的心湖再次掀起關注對方的慾望。

他躲在一旁觀察，嘉莉確實有異狀，夕陽下的她，身影宛如佝僂老太婆，整個人消瘦一圈，兩隻皮包骨的纖細胳膊快要抱不住懷裡那隻胖貓。怎麼搞的？

「真是莫名其妙！」嘉莉氣急敗壞要找清潔隊員吵架，波斯貓被她摟得太緊，咪嗚咪嗚地叫。

然而，她才開口，卻被一陣猛烈咳嗽打斷。嘉莉不得不敗陣離開，臨走前仍是咳個不停，孱弱雙肩如風中柳條顫動。

他盯著她，無法挪開視線，嘉莉從年輕時就格外注重身材保養，她崇尚凹凸有致的健康美，自傲於漂亮的胸型，不可能甘願瘦成這副乾巴巴的德行，這有違她最在意的審美觀。

除非……大正驚駭，不祥預感襲上心頭，他想起嘉莉那串綿長如購物清單的家族癌症病史。

嘉莉完全沒注意到他，氣沖沖離開，〈少女的祈禱〉漸行漸遠，丟垃圾的人群也逐漸散去。大正駐足良久後，只得收拾悶悶不樂的神情和心情，返回獨居的家。

進門，踢開拖鞋，鑰匙擱在玄關處的紙箱上，然後赤腳走向冰箱，順手抄了兩罐冰啤酒夾在胸前，接著再轉往陽台的懶骨頭坐下，扯開易開罐，徐徐點起一支菸。

這動作從頭到尾一氣呵成，每天重複無數次。

陪伴他的，是拖著腳跟的厚重步伐聲、拉開啤酒罐的清脆響聲，以及其他大正製造的聲音，一個寂寞的人也可以很吵鬧。他故意讓空蕩蕩的屋內泛起陣陣回音，如漣漪，如鬼魂的回應。

這屋子是貨真價實的空蕩蕩，窗戶沒有窗簾，門口沒有鞋櫃，連時鐘、廚具和洗衣機都被省略了，彷彿時間在這個空間內不具意義。家具也只有寥寥數件：沙發床、懶骨頭、小茶几和一座書架。家電更是有限：冰箱和冷氣。放眼望去光禿禿的一大片，星羅棋布的家具和家電猶如汪洋中的一座座迷你孤島，隔著遙遠距離彼此遙望，說是家嘛，更像個尚未交屋的半成品。

家徒四壁，大正自己一個人住，但他不睡臥房，睡在客廳的沙發床上，生活用品收在儲物間內的紙箱中，素面T恤與短褲與素面T恤與短褲，旁邊擺著一座蒙塵的咖啡壺。額外的房間用以充當暗房或工具間。工具間內也沒有幾樣工具，是將整間屋子視為一個大型套房的概念。

想吃飯就叫外賣，衣服全部送洗，不需要的都不留下，真正反映出大正人生態度的克制。訪客會以為屋主是個厲行節能減碳的環保人士，假使有訪客的話。

屋內多到滿出來的，只有以箱計算的啤酒和泡麵，還有寂寞。

今天更寂寞了，向來菸酒不離手的大正在吞雲吐霧中遠眺天際線。嘉莉到底怎麼了呢？

菸灰卡在他的鬍渣上，抽到剩下菸屁股了，大正熄滅菸蒂，塞進窗框旁半滿的菸灰缸，捏扁空啤酒罐，丟進鐵鋁罐專屬垃圾桶中，起身前往暗房。

許多年前，大正曾是炙手可熱的專業攝影師，這一行的佼佼者，以自由接案的方式受雇於多家公司。基於對攝影的愛好，他在家中打造暗房，兩米長的大桌分隔為乾濕兩區，上面擱置顯影藥品、膠捲、量杯、固定夾、沖洗罐等物。

相較於十年前，他的工作大幅減少，空檔則多了許多，那件意外不僅摧毀了他的生活，也重挫了他前途看好的事業。

於是他和嘉莉說好了不打攪彼此的生活，畢竟兩人協議分開時鬧得很難看，嘉莉瘋狂捶打他，捏他踢他，哭吼著罵他怎麼不一起死一死？可見對大正恨之入骨，恨入了骨髓。

大正信步進入暗房，想逼迫自己投入工作，不讓焦躁情緒盤據，不讓嘉莉的臉像彈出式廣告一直來打擾他。他在水龍頭下洗淨雙手，但目光，卻不由自主瞥向夾在牆邊等待陰乾的照片，照片上是個美麗的少女。

少女歪著頭的盈盈笑臉，忽然和嘉莉的臉龐合而為一……塵封往事再次揭開，都是他的錯。

大正甩甩頭，卻甩不開嘉莉和那隻波斯貓，那些影像糾纏著他的視網膜，隱約的咳嗽聲在他耳畔大呼小叫。嘉莉蠟黃的氣色如殘影般揮之不去，大正心頭的死結愈拉愈緊。

必須有所改變！如果他不做點什麼，絕對無法原諒自己。如果繼續買醉澆愁，對一切視而不見，他還算是個男人嗎？

下一秒，大正轉身奪門而出。

二十年前，大正先入手那戶三房兩廳的八樓房屋，搬進貝多芬社區。

十年前，社區內隔壁棟四樓，有屋主要移民國外想將房子轉手，剛好大正的事業如日中天，手邊有點閒錢，雖然該戶坪數較小，只有兩房一廳，大正還是把房子訂了下來——正是他此刻佇立於門口的這一戶。

大正在門前躊躇，手凍結在半空中，遲疑了老半天才按下門鈴。

門鈴輕奏如鳥囀鶯啼，啾，啾啾，啾啾啾啾啾。

「誰啊？」不耐的嗓音傳來。

又經過漫長無盡的等待，大門才被緩緩推開，門內站著一名渾身漆黑猶如服喪的女人。

嘉莉微微駝背，全身上下每一處都透露疲倦。當她瞇起眼，意識到眼前男人的身分時，旋即張大嘴巴。

「老婆。」大正咀嚼著陌生的詞彙，味道酸苦。

嘉莉的薄唇因盛怒而緊抿成一條細線，她用力拉回門把，想將大正拒於門外，大正立刻伸腳抵住。

「滾！」嘉莉渾身顫抖，「我說過這輩子不想再見到你。」

「讓我進去，我們談談。」

「不要！」

兩人拉扯了一會兒，大正猛地使勁拽門，門被拉開，嘉莉差點撞進他懷裡。

她喘息著，勉為其難往門側讓出空間。

大正謹慎踏進玄關，卻被滿屋子的粉紅色蝴蝶結品牌ＬＯＧＯ嚇呆了。到處、到處都是百貨公司的紙盒與紙袋，戰利品充斥於各個角落，有些甚至包裝完整尚未拆封，嘉莉把家裡搞成清倉大拍賣現場。

再往內走幾步，房間更可怕，凌亂的床鋪上、打開的衣櫃中也被囤積的大量購物袋佔領。

曾經的單人臥室彷彿擠了十個花樣年華的年輕女孩，各個都熱愛購物，所以衣架擠滿洋裝，化妝檯堆滿髮飾，拆過的包裝袋從垃圾桶邊緣溢出來。

「老婆……妳什麼時候變成這樣了？」大正神色黯然。

相距幾步之遙，雙手抱胸的嘉莉輕蔑地笑了起來。她鑲有水晶甲片的手指敲著手臂，「第一，我不是你老婆。第二，我早就變這樣了，你也太後知後覺了吧？」

大正仔細端詳前妻，明亮燈光的照映下，一切細節無所遁形。

歲月沒有對她客氣，近看嘉莉，她骨瘦嶙峋卻眼袋浮腫，燙著大波浪捲髮卻髮根花白，所有的盡力掩飾，都只是欲蓋彌彰，像摸乳巷子口的霓虹燈，像重新貼皮的違建。

「妳不對勁，有沒有看醫生？」大正問。

正如那名清潔隊員所說，嘉莉看起來病懨懨的。

「心碎要看哪一科？」嘉莉反問。

「也夠了吧？買這些衣服又何必？」

「要你管，我高興。」

「妳還要繼續拿健康開玩笑？」

喵的一聲，那隻白色扁臉波斯貓竄了出來。

貓高傲地翹起尾巴，用誇張的台步姿勢搖晃長毛尾巴，屁顛屁顛地穿梭於紙盒、紙袋之間，如百貨叢林之王。四條腿踩過包裝袋時，發出窸窣聲響。

大正看看嘉莉，再瞧瞧那隻名喚「胡椒」的貓。

「妳一直養著胡椒，」大正努努下巴，問：「過敏好些了嗎？」

「不關你的事。」嘉莉一瞟，齒縫擠出冷笑。

「好，我跟妳道歉，我道歉可以了吧？」大正抬起雙手作投降狀，「是我太忙於工作，是我疏忽了這個家。老婆，告訴我，妳是不是生病了？看醫生了了沒？」

嘉莉還是不甩他，故意用冷漠冰凍他，同時懲罰前夫也懲罰自己。

大正實在忍無可忍，他一個箭步衝向飯桌旁的櫥櫃，打開櫃門、拉開抽屜開始東翻西找。

「你幹嘛？」嘉莉怒道。

敞開的抽屜中，有各種品牌、各式口味的食料理包，筍絲控肉、咖哩雞肉和紅燒牛腩。隔壁抽屜則囤放瓶瓶罐罐，綜合維他命、滴雞精和牛樟芝。

大正費力挖掘，兩隻手不停向內刨，如執拗的緝毒犬，尋找某項特定物品，不達目的不善罷甘休。

「誰允許你動我東西？不要亂翻。」嘉莉氣憤地跟上前，想要出手阻止。

「有了。」大正拉出一個醫院藥袋，挑眉道：「這是什麼？」

「夠了！」嘉莉一把搶了過來，擠開大正砰的關上抽屜，再抬臉時滿面怨毒。

貓嚇得遁逃。

大正五官扭曲，臉部肌肉抽搐，「如果妳生病，不妨說出來，我們可以一起商量。」

「求婚的時候你也承諾過，會照顧我一輩子。結果咧？」嘉莉口裡爆出癲狂笑聲：「我的問題不勞您費心，滾出去！我永遠不會忘記你背叛這個家。」

※

將大正掃地出門的隔天，嘉莉獨自坐在客廳，整理她的網購宅配包裹，耽溺在自己的小天地裡。

她鍾情於粉紅色蝴蝶結ＬＯＧＯ的專櫃品牌，賣的是少女服飾，點綴蕾絲和荷葉的風格很適合荳蔻年華的女孩。

「書書，媽咪買了好多漂亮衣服給妳，喜歡嗎？」嘉莉一件件欣賞她的血拚成績，對著空氣說。

這間房子本是要留給書書，作為嫁妝，讓女兒跟娘家住得近一點。

大正是說，女兒不結婚也無所謂，房價會持續上漲，年輕人愈來愈難買房，留有一戶屋子，至少讓書書有個棲身之所，將來不必為貸款煩憂。

有別於嘉莉和大正的家，走的是大地色系的典雅風格。房子過戶後嘉莉大興土木花錢整修，以女兒最喜歡的粉紅色搭配白色布置，精挑細選了四柱床與公主帳、雕花壁櫃和真皮沙發，每一處都看得見巧思。

書書十七歲那年，央求父母讓她搬進屋子獨立生活。

嘉莉猶豫不決，做母親的總是放心不下孩子，倒是大正爽快答應了。兩票對一票，嘉莉萬般寵愛書書，拗不過只好點頭答應，誰曉得翻開人生新的一頁，竟是悲劇的起始點。

後來，書書也在這間屋內過世。

嚴格說起來，是在被送達醫院時心跳驟然終止。

大正對書書的死絕口不提，一聽到書書的名字就要翻臉，連好好悼念都不行。嘉莉認為大正嚴禁消息傳出是擔心房價慘跌，這讓嘉莉一輩子無法諒解。

從此，嘉莉放任自己在粉紅色的汪洋中泅泳，不肯上岸，不見盡頭。

大正年輕時拚命工作，離婚時贍養費也給得慷慨，所以她不缺錢。經濟寬裕又失去愛女的中年婦人，只好以瘋狂購物排解更年期躁鬱，她大量購買女兒可能會喜歡的東西，用囤積商品來填補內心空洞。

空間有限，慾望無窮，眼見屋內快要被塞爆，嘉莉就買來層架，像魔法師一樣想辦法創造空間。她買東西、再買架子、再買東西、再買架子，最終，每間房間的四面牆都擺放了層架，架子上的東西則堆到天花板。書書的房子猶如物流中心的倉儲空間，不過是動線不良又被砲彈轟炸過的那種。

「哈啾！」嘉莉打了個大噴嚏。

她自幼對毛屑過敏，寵物換毛季節會誘發她的呼吸道問題。因此，書書小時候懇求她養寵物，嘉莉一律不允許。

過敏實在太痛苦了，簡直和抽取式面紙焦不離孟，鼻頭因為不斷擤鼻涕造成的摩擦而脫皮，整天鼻子紅通通。

沒想到，書書搬進新屋後的第一件事，是偷偷養起一隻貓。

書書宣稱是路邊撿來的，嘉莉對此說法存疑，雖不喜歡小動物，但貓狗的品種她可略有耳聞。長了張厭世扁臉的是波斯貓，和外頭流浪的大橘貓不一樣，這點常識她還是有的。

「給牠取什麼名字好呢？」書書愛憐地摟著才三個月大的小貓，自稱為貓咪的媽媽，嘉莉聽了覺得好笑，那她不就當了現成阿嬤？

「叫胡椒吧！牠害我猛打噴嚏。」嘉莉開玩笑道。

書書竟真的將貓咪命名為胡椒，貓咪聽了還會回應呢。

胡椒個性懶散，除非有求於你，否則不太搭理家人。相處久了，嘉莉發現養貓還算好打發，也不需要帶出門散步上廁所，漸漸的也就接受事實。

再說，家裡多了隻寵物，家人擁有共同話題，對於家庭氣氛很有幫助，連永遠都在出差、鮮少回家的大正都挺喜歡胡椒，還會搶著餵牠吃零食呢。

「胡椒來，吃罐罐囉。哈啾！」嘉莉打開一盒新的罐頭。

書書走了，胡椒卻留下來了。牠自層櫃高處一躍而下，姿態昂揚，一張倔強扁臉像極了牠原本的主人書書。

嘉莉把香噴噴的貓食用湯匙舀進盤子，然後把空罐洗淨，丟進回收專用垃圾袋，裡面的罐頭已堆積如山。

儘管深受過敏折磨，嘉莉仍買了各種不同品牌的貓食讓胡椒換口味，把過剩的母愛通通轉嫁給胡椒。

嘉莉又打了個噴嚏，接著是一連串猛烈咳嗽，「你乖乖在家，我去看醫生。」

「咪嗚？」胡椒抬起頭，狐疑盯著她。

「別擔心，我答應過書書要照顧你一輩子，所以我一定會撐下去，至少活得比你久喔。」嘉莉搔撫貓咪的額頭，輕聲說道。

醫院診間，死寂蒼白佔據了一切。

嘉莉身穿毛線外套，雙手摟著自己，雙膝併攏，獨自坐在醫生對面的圓凳子上。她斂起眼眉，五官僵硬，不願洩露出積壓心底的無助和恐懼。很可惜地，她不甚成功，任何人都看得出她唇色慘白，身體微微發抖。

「那麼，化療的療程從下週開始囉？」主治醫師說。

「好。」嘉莉茫然點頭。

「妳剛才去採購嗎？」主治醫師瞥向她腳邊的購物袋，朝她鼓勵性地一笑，「很棒，繼續做自己喜歡的事。」

嘉莉拉扯嘴角。

是肺腺癌第三期，癌細胞已侵犯到周邊組織。

一個月前，嘉莉先是咳個不停，本以為是一段冗長的過敏，後來又懷疑是好不了的感冒。

但她日以繼夜地咳，咳到胸痛、喘不過氣，像是肺葉快從嘴邊掉出來，整整一個多月後才下定決心去看醫生。醫生替她安排了幾項測試，胸部X光、斷層掃描、核磁共振，隨後告訴她不幸的噩耗。

發現的時機已經晚了，嘉莉處於極度的驚愕中，腦袋一片空白，不知該怎麼辦。護理師提醒她應該和家人聊聊，還提議幫嘉莉轉介至身心科看診，求助於心理諮商師。

嘉莉不明白，她既不抽菸又不煮飯，是油煙和尼古丁的絕緣體，怎麼可能得到絕症？她返回家中，以顫抖的手指上網查詢，得知肺腺癌屬於一種症狀不明顯的癌症，百分之五十的患者沒有抽菸習慣，第一期的存活率約有五年，若進入第四期，則平均存活時間僅剩下六個月。

六個月！這數字深深震撼著嘉莉，讓她全身發軟，頭暈目眩，世界彷若顛倒。她不能死啊，若她走了，誰來照顧胡椒呢？

「醫生，」嘉莉搓揉著膝蓋處的布料，侷促不安地問：「我是不是該買一頂假髮？」

「怕別人異樣的眼光？」

「不是，我怕掉頭髮以後，家裡的貓不認識我。」

「任何會讓妳感覺比較舒服的事情，都可以試試看。」主治醫師以沉著自信的口吻告訴嘉莉：「妳不是一個人，別忘了背後有整個醫療團隊在支撐著妳，不用害怕。說到這個，接下來就診，妳有家人陪伴吧？」

嘉莉愣住，不知如何作答。這題目好難，比智力測驗、大學聯考甚至是在離婚協議書上簽字更難，難上百倍。就診的人多半成雙成對，家屬攙扶病患，晚輩陪著長輩，唯獨她孤家寡人一個。

「每次都看妳自己一個人來就診，化療很不舒服，最好有家人或朋友陪在身邊喔，對抗病魔需要支持的力量。」主治醫師解釋。

「知道了。」嘉莉垂下肩，洩氣地說。

嘉莉拖著虛浮的雙腳走出診間，來到醫院大廳，忽地被人喊住。

「妳是……」嘉莉想了想，「那位垃圾車小姐？」

「對。妳來看過敏嗎？」勤芬笑盈盈地問。

「呃……」

「真不好意思，我不知道貓咪不能隨便剃毛，那天太失禮了。」

嘉莉搖搖頭，一笑泯恩仇，「沒關係。妳也來看病？」

「對啊，每天拿垃圾，手肘開始有職業病。看中醫太慢了，所以試試西醫。咦，妳去百貨公司血拚嗎？」勤芬注意到嘉莉手上的專櫃品牌購物袋，「買給女兒的嗎？我等會兒也要去，幫我兒子買生日禮物。當媽的都一樣，對孩子很捨得。」

「妳結婚有孩子了？看起來還好年輕。」

「其實我離婚了。」

話匣子打開，勤芬一股腦兒將近況全盤托出，嘉莉邊聽邊點頭。

「妳也是媽媽，一定能理解我爭取監護權的心情。」勤芬說。

「好勇敢，清潔隊很辛苦。」嘉莉說。

「其實我常常擔心到吃不下，但總要為了小孩堅強嘛。」勤芬環顧醫院四周，繼而又道：「生命短暫，我想要保留值得的人，放下不值得的。那些不開心的過去，就當作垃圾丟掉吧。」

嘉莉聽了羨慕不已，兩人同樣都離婚了，但勤芬有勇氣重新出發，她卻一直在原地踏步。嘉莉也想跟勤芬一樣灑脫，放下不開心的過去。

是不是，該為自己、為書書堅強一回了呢？

兩人相互道別後，嘉莉慢吞吞地往大門口走。體重直直掉了五公斤後，不只褲子寬了，連鞋子都變鬆了。

「王嘉莉！」

嘉莉心頭又是一驚，以為自己產生幻覺。轉過身，前夫竟直挺挺站在身後。

「老婆，妳為什麼要看血液腫瘤科？」大正臉上寫滿哀傷，踽踽走向她，「妳老實告訴我，我們一起解決。」

熟悉的臉孔和嗓音，輕輕撥動了嘉莉的脆弱。

「不用。」嘉莉強忍淚水，倔強地別開臉。

「書書的媽，別哭。」大正張開雙臂，將不斷掙扎的嘉莉擁入懷中，輕拍她的背。

抓住浮木，是人的求生本能。獨自承受太痛苦了，能有副依靠的肩膀多好？嘉莉再也難以抗拒，防衛機制瞬間瓦解。

「我……」嘉莉落淚。

「沒關係，告訴我。」大正柔聲道。

「我……癌症……」嘉莉邊說邊抽抽噎噎，拼湊不出一句完整的話，隨即把臉埋進前夫的衣領，哀哀哭了起來。

※

大正端著一杯冒出騰騰熱氣的茶，緩步走向蜷縮在沙發上的嘉莉，猶如走鋼索的特技演員。

嘉莉將雙腿藏在薄毯子下，一動也不動，氣色還是慘澹無光。身體不適是一回事，但大正覺得她的心靈也生病了，整天鬱鬱寡歡，眼眸總是空洞無神，彷彿連呼吸都失去了興趣。

「來，喝靈芝茶，小心燙。」大正嘟嘴吹涼茶湯，小心翼翼送至嘉莉面前。

把前妻當公主侍奉，將過戶給嘉莉的屋子當自己家整理，大正拿出實際行動把握兩人最後的相處時光，更以愚公移山的精神，慢慢收拾、剷平了那一座座粉紅色

購物袋的土石流。

他以為嘉莉會誓死反對，嘉莉卻一臉漠然盯著窗外；事實證明，過自己心裡那一關反而最為困難。

頭一回大正拿了一個大型垃圾袋，從客廳出發，將舉目所及的粉紅色物品裝進袋中。

看似簡單的舉動，其實每一次伸手都異常沉重，他每往敞開的袋內扔進一樣東西，心就扭絞一下，臉上的皺紋陰影也愈來愈深，第一個袋子裝到半滿時，每一道溝痕都積滿了淚水。

但為了嘉莉好，大正不得不這麼做，逝者已矣，紀念品在生命中堆積得太多太滿，阻礙了前行，就成了絆腳的垃圾了。

儘管不捨，儘管心如刀割，大正從將他包圍的粉紅色中蹣跚起身，繼續裝袋，邊裝邊抹眼淚。

垃圾一包一包往外扔，每天晚上他都像循規蹈矩的好學生，守在社區門口等垃圾車。丟完垃圾以後，再牽著嘉莉到附近公園散散步。

終於，囤積的商品能丟的丟、能送的送——大部分轉贈給慈善機構，清出了一大片空間。

「老婆，家裡看起來，是不是清爽多了？」

「嗯。」

大正憂心忡忡地望著嘉莉。

一個人對最珍視、最在乎的東西表現得無動於衷，約莫兩種可能：一是超然物外，一是生無可戀。嘉莉恐怕不是前者。

「老婆，來看看照片。」大正打開筆電，叫出塵封的資料夾，指著螢幕說：「看，書書小時候多可愛。」

嘉莉像是自冬眠中甦醒，身子動了動，露出微笑，「是啊。」

※

一系列家庭照片大多出自大正之手，主角皆為同一人——他們的寶貝女兒書書，離異夫妻依偎著彼此，把握所剩無幾的幸福。

首先是皮膚皺巴巴的新生兒，鵝黃色毛髮稀疏，一對深刻的雙眼皮褶子，兩瓣薄薄的唇，笑起來純真無邪，手指腳趾都好迷你。接著她膚色轉白，圓臉和手腳都膨脹起來，變成肥嘟嘟的嬰兒，頭上綁條沖天炮，髮根處繫著粉紅色蝴蝶結。

下一張照片裡的書書滿面驚恐，腦袋瓜垂掛兩條髮辮，揹著相形之下過大的幼兒園書包，怯生生地躲藏在媽媽背後。大正記得那天是書書上學的第一天，之前去註冊的時候明明很高興，吵著要去學校和小朋友玩，真正面臨和父母分開的那一刻，書書又用兩隻小胖手緊抓著嘉莉的褲管，抵死不肯跟隨車老師走。

再下一張，書書在娃娃車上哇哇大哭，隨車老師只好將她抱在腿上，邊好言安慰邊朝鏡頭苦笑。

「還記得嗎？書書剛上學，足足哭了兩個禮拜，那種聲嘶力竭，都快把我們給逼瘋了。」嘉莉語帶懷念：「那時我好崩潰哪，每天早上都是她先哭，等娃娃車開走，我轉過身也跟著擦眼淚。」

「但每天放學回家，都說上學好好玩，明天還要去。」大正抿著笑意說。

他從嘉莉手中取走空杯，伸出胳膊環繞嘉莉的肩，輕柔地拍了拍，老夫老妻之間的熟悉默契依舊自然而然。

照片中的書書慢慢長大，搖身一變為活潑可愛的小學生，還會擺出剪刀腳、勝利V等各種浮誇的拍照動作。

一張前往動物園校外教學的相片，她頭戴圓盤帽，笑嘻嘻地圈著自己的手臂，模仿圍欄內的大象；另一張學校運動會的照片，書書剛跑完大隊接力，她大口喘氣，臉頰紅撲撲，好似鮮豔欲滴的小蘋果。

更多的是嘉莉和女兒的出遊合照，也是由大正掌鏡。書書在每個畫面中都身穿花俏洋裝，臉上堆滿甜笑，任誰看了，都會認為書書是備受寵愛的掌上明珠。

夫妻倆都畢業自名牌大學，各自的原生家庭也都經濟小康，望女成鳳的意圖像切割水晶一般，無論哪個面向都清晰可見。經營二手精品店的嘉莉將寶貝女兒當成芭比娃娃打扮，大正更是砸錢不手軟，培養書書學鋼琴、長笛和芭蕾，週末還聘請一對一英文家教。

「我最喜歡這張，書書小學四年級，參加鋼琴大賽得到第一名。你看，她穿著訂製的玫瑰色緞面小洋裝，好像小天使。」嘉莉憂傷地嘆了口氣。

緊接著，書書褪去嬰兒肥，出落成為亭亭玉立的少女。國中時期的她長髮披肩，氣質翩翩，在校表現優異，朋友很多，總是被一大群同學環繞。這個階段的書書深受叛逆期荷爾蒙左右，變得不喜歡拍照，更拒絕和父母出遊。

大正悵然若失，卻也莫可奈何，只好轉移重心投入工作，接了很多中國大陸那邊的案子，努力賺更多錢支應妻女的物質所需，包括洗頭做臉、上健身房還有補習費。

但嘉莉持續以手機偷拍書書，替女兒留下紀念，因此電腦中有很多書書埋頭吃飯、翹腳看電視、窩在沙發上滑手機、發現鏡頭時白眼瞪視媽媽以及念書念到睡著的畫面。

「我最喜歡的反而是妳拍的這張，書書大口吃飯的樣子，很自然。」大正比比螢幕。

高中時期的書書擁有自己的主見了，剪去一頭秀髮，留起清湯掛麵的齊耳短髮，配上她那雙慧黠的大眼睛，走出另一種古靈精怪的路線。父母也由得她去，當作是自我探尋的青春宣言。書書又開始願意讓嘉莉拿鏡頭瞄準她，母女倆常相約去逛街、按摩和喝下午茶，每到一個網紅景點，都免不了拍照打卡。

書書的成長紀錄在十八歲那年戛然而止。

書書過世那天，大正人不在台灣。晚餐時間，嘉莉外帶了餐廳的花園沙拉和鮪魚三明治，回到位於八樓的家中，擺盤後打電話給獨自住在隔壁棟四樓的書書，想叫她回來吃飯。連續撥了幾通，書書一直沒接電話。

這情況不曾發生，書書雖個性獨立，待人卻體貼入微，和年輕時期的大正很像。

接下來的事發經過，大正聽嘉莉敘述了無數次，包括在警察局做筆錄時，還有在家中相互指責謾罵時。

嘉莉抓了鑰匙準備親自去喊書書，卻在臨出門前聽到垃圾車的音樂，想起家中還有一包中午剩下的廚餘。她不喜歡屋內飄散著發臭的餿水味，於是著手先處理垃圾。

等到嘉莉以備用鑰匙打開書書的家門，赫然驚覺女兒倒在床邊不省人事，床頭櫃上則放著安眠藥藥罐和半杯水。

嘉莉的腦子一團混亂，身體機能剎時癱瘓罷工——

呼吸，呼吸，她必須在默數中強迫自己呼氣與吸氣，才能重拾身體的指揮權，不讓不聽使喚的鼻腔和肺部令她窒息。

報案二字浮現腦海……嘉莉以顫抖的雙手捧著手機，不知怎地撥號卻按成一一〇。一番顛三倒四的語無倫次後，警察局告訴她，救護車將在五分鐘內抵達。

等待的時間猶如身陷煉獄，被火燒，被冰凍，一會兒冷一會兒熱的。

嘉莉嚇壞了，需要找個人傾聽，協助她把解離的隻字片語重新拼湊成句子，大正的號碼卻撥不通。為此，她一輩子記恨大正。

糊里糊塗搭上救護車，沿途她都在想，女兒為何仰藥自盡？她有交男朋友嗎？還是考試考不好？在學校和同儕相處出了問題？

書書沒有留下遺書，徒留一堆疑問。數不清的失眠的夜，嘉莉像個考古學家般試著從書書的角度檢視母女倆的相處點滴，尋找蛛絲馬跡，每每空手而回，卻得到淚流滿面。

令人傷心欲絕的告別式結束後，大正和嘉莉仍擺脫不了悲慟，他們怪罪猜忌彼此。大正責備妻子失職，竟沒有細心察覺到書書的不對勁；嘉莉埋怨丈夫只知道拿錢回家，為了事業犧牲家庭。兩人的關係降至冰點，日夜在咒罵和冷戰之間拉扯擺盪。

離婚終究成為無法逆轉的結局。

她也遷怒起垃圾車音樂，〈少女的祈禱〉難聽死了，以死板板的電子樂聲演繹更是難聽百倍。逼不得已要出門倒垃圾，嘉莉就擺副臭臉，像誤闖搖滾派對的死忠藍調爵士樂迷。

日子還是得過，後來，嘉莉把二手精品店的實體店面轉型為網路店鋪，依靠多年來建立的良好信譽繼續經營，大部分事情交給訓練多年的助理處理。她也搬進書書的房子，發狂似地購買書書生前最喜歡的專櫃品牌服飾，以大量的購物袋堆砌出緬懷女兒的陵墓，打算後半輩子都拿來守墓。

照片放映結束，嘉莉有氣無力地闔上筆電。再過不久，她將拿著肺腺癌第三期的幽靈船票，前往未知之地，和她心心念念的女兒團聚。

「女兒帶給我們許多很棒的回憶，對吧？」大正說。

「是，書書一直都很可愛很貼心，沒什麼脾氣。老鄰居都說，書書是天使小孩，誇我們很幸運，不必為了孩子操煩。她小時候跌傷膝蓋，怕我們擔心，還嘴硬說沒事。這麼善良的孩子，到底為什麼……」嘉莉眼眶一熱，鼻頭跟著紅了，「我都不知道她有憂鬱症。」

「她就是太貼心了，報喜不報憂。」大正呢喃。

「其實，死亡離得這麼近，我好像突然想通許多事，過去十年，我每天都自暴自棄，心想乾脆跟書書一起走好了，可當我自己得了癌症，還是覺得好害怕，害怕到讓我忘記悲傷。」嘉莉陰鬱地說。

大正將她抱得更緊了些，他的心跳貼著她的脈搏，兩者相互應和，「病由心生，負面情緒會致癌，妳一定要有信心，往好的方面想。如果書書還在，也會希望妳繼續努力。」

「咪嗚。」胡椒搖擺著尾巴湊了上來，擠進兩人之間的縫隙，彷彿想代替書書爭寵。

「晚餐想吃什麼？鯖魚飯還是炒烏龍麵？我去樓下小吃店買。」大正問。

「你吃什麼，我就吃什麼。」嘉莉撫摸大正的手腕內側，憐惜地說：「我看你也瘦了好多。」

「只是太累了，多休息就會好。」大正起身，忽地兩道濃眉糾結，險些站不穩。

「怎麼了？臉色好難看。」嘉莉一驚。

下一刻，大正開始冒冷汗，臉龐脹成醬紫色，捧著肚子倒回沙發哀號。

「大正？大正！」

不消幾日，嘉莉又來到醫院了，只不過這次就診的人不是她，而是大正。

嘉莉一反常態脂粉未施，呆呆坐在病床邊，盯著奄奄一息的丈夫，腦中彷彿有一千隻蜜蜂，嗡嗡嗡嗡嗡，吵得她無法思考。

大正闔眼休息，臉色衰敗如槁木死灰，身穿病服似乎讓他的鼻樑和顴骨顯得更瘦削尖銳。那雙擅於扛架攝影器材的胳膊和背部變得單薄，皮膚和血管緊貼肘部，骨頭的形狀看得一清二楚。

嘉莉的噩夢彷彿重演，書書接受急救的場景回到眼前，當時是一團混亂，現在是一片死寂，但錯愕且難以接受的心情一模一樣，時間依舊流速緩慢，彷如黏稠凝滯的液體。

這不是大正吧？嘉莉心目中的大正，是樂觀、瀟灑、體貼和負責任的混合體，英俊倜儻，讓她一見傾心。

初識那天彷如昨日，大正和嘉莉邂逅於大學校園內，她是服裝設計系新生，他則是景觀設計系的應屆畢業學長。剛入學沒多久，外貌亮眼的嘉莉便追求者眾，除了自己班上的同學、系上的學長，還有其他男生自別的科系慕名而來。

其中一名商學院的男孩特別殷勤，每天幫嘉莉買早餐，經常上演溫馨接送情。兩人約會了一個多月，某天晚上，男孩捧著玫瑰花來到女生宿舍門前，約嘉莉出來散步，嘉莉猜測，對方是要告白了。

夜涼如水，晚風吹來梔子花的花香，兩人在浪漫氣氛中並肩走向校園裡的荷花池，閒聊各自班上的趣事，周遭彷彿有成千上萬個浪漫的半透明泡泡，形成幾堵厚實的牆，將他們與世隔絕。

抵達池畔，男孩含情脈脈準備獻上花束，忽然間，荷花池裡冒出一個渾身濕漉漉且披頭散髮的女鬼……

「鬼啊！」嘉莉臉色慘白。

「呀——」男孩的尖叫聲更是刺耳響亮。

那個本來要向嘉莉告白的男孩，抱著玫瑰花的男孩，當場把花一扔，撇下嘉莉，跌跌撞撞逃離荷花池，逃跑時還一腳踩爛了滿地玫瑰花瓣。

月黑風高在林間呼嘯，女鬼以慢動作匍匐爬上岸，手裡搖晃著空酒瓶，醉醺醺地問：「鬼在哪？我打爆祂。」

嘉莉定睛一看，原來不是女鬼，而是個留長髮、打赤膊、並且喝茫了的學長。

「你在荷花池裡游泳？」嘉莉問。

「對啊，我跟朋友打賭。」學長嘿嘿笑。

嘉莉抱著胸，搖搖頭：「賭什麼？」

「看誰能裸上半身，要到女生的電話。」

「賭注呢？」

「兩罐啤酒。」

「噗，白癡死了。」

「所以囉！」學長自鳴得意地哈哈大笑，「我朋友現在應該在校門口裸奔搭訕學妹，警察等一下就來抓他了。」

嘉莉忍俊不住。

這位學長就是大正，他果然要到了嘉莉的電話。後來兩人墜入情網，一路愛情長跑多年，共同組織了一個家，成為吳先生和吳太太。婚禮誓言雖然老套迂腐，但天荒地老與海枯石爛，嘉莉確實信以為真。

「吳先生？」

嘉莉的褪色回憶被近在耳畔的鮮明話語聲截斷——

「吳先生，不是跟你說要留院觀察，怎麼又跑回家？」前來問診的醫師搖頭嘆氣，「很少遇到這麼不聽話的病人。」

護理師滿臉責難，跟著猛點頭。

「醫生，請問我先生怎麼了？」嘉莉問。

「大腸癌四期。他沒跟太太說嗎？」醫師說。

「什麼？」嘉莉以為自己聽錯：「可是他昨天還好好的呀，前天也是。」

「唉，妳不是唯一一個被蒙在鼓裡的家屬。大腸癌早期症狀容易和其他病症混淆，例如脹氣、便祕、腹瀉及腹部痙攣，所以不容易發現。」醫師表示：「妳也許注意到，先生常常很累，體重也變輕了？免疫系統在對抗癌細胞時消耗了能量，會導致慢性疲勞和體重減輕，當然，血便造成的失血也會導致疲勞。另外，腸阻塞改變排便習慣，也會間接造成體重減輕。」

資訊太多太龐雜了，嘉莉無法消化。她感到口腔內舌頭腫脹，吐不出半句話。

「我比較好奇的是，根據吳先生的就診紀錄，他在一年前因為排便出血前來看診，之後又斷斷續續回診過幾次，然後就沒下文了。請問他是轉診到別間醫院嗎？還是採用什麼特殊療法？」醫師問。

嘉莉答不出來。

她愁眉苦臉地瞅著大正，大正則像做錯事的孩子般心虛地別開視線。大正是故意不看醫生，一心想要求死，這念頭讓嘉莉心碎。

「我沒事！」大正顫顫巍巍伸出手來，以虛弱的嗓音懇求：「醫生，我太太的癌症存活率比較高，拜託先救她。」

「到底在說什麼……」護理師搖頭。

「吳先生請放心，只要是本院的病患，我們都會盡力救治，兩個都會救。」醫師說。

交代完接下來要做的幾項檢查後，醫師和護理師魚貫走出病房。

嘉莉把椅子拉到病床邊，坐下，再開口時淚眼婆娑，「為什麼不早告訴我？你刻意拖延治療？」

大正握住嘉莉的手，「對不起。」

嘉莉嘆息，不確定大正是為了哪件事向她道歉，大腸癌的事？書書的事？還是早年在大陸跟一個女企業家走得很近，於公於私都得到許多好處的事？

他們都曾犯過錯，但，過去都過去了，沒有共同跋涉過千山萬水，經歷過千迴百轉，就不叫作夫妻了。兩個生命所剩無幾的人，還要計較什麼？

「我真是眼盲心瞎，」她以手背輕撫大正的臉頰，「我每天跟書書在一起，卻不知道女兒罹患憂鬱症。現在也一樣，竟然沒察覺你病了。」

一想到大正拖著病體照料她，嘉莉心裡便過意不去，尤其大正的病況比她更加嚴重，根本是走鋼絲的人一邊馳著她表演疊羅漢，險上加險啊。

「別自責，過去是我太拚命工作，忽略了妳們。」

「你也是為了給我們更好的生活，對不起，我從來沒有讚美你的付出，以為把事情怪到你頭上，我會好過一點，可是並沒有。我感謝命運，把你帶回我身邊。」

她需要告解，為了自己，也為了書書。

「真要謝，就謝那位清潔隊女士吧。要不是她恰到好處的雞婆，我們現在還在冷戰呢。」大正說。

「讓我彌補，告訴我，我能為你做什麼？」嘉莉問。

大正咧嘴一笑，「幫我回家倒個垃圾吧，再不丟就發臭囉。」

「知道了。」

一小時後，嘉莉回到貝多芬社區，搭電梯來到八樓，掏出鑰匙。略作猶豫後，她推開那扇十年不曾觸碰的大門。隨即愣在玄關處。

家裡變得完全不一樣，東西少得可憐，家具沒有幾件，彷彿是臨時住客落腳的租屋，而非長居久住的人家。嘉莉不禁悲從中來，難道大正已著手處理自己的後事了嗎？

關係破裂從來就不只是單方面的受傷，曾一度盈滿歡笑的屋子，家具皆由嘉莉精挑細選，她有個同學經營家飾店，從歐洲進口水晶吊燈、仿古宮廷雕花木櫃與中東織繡靠枕。本身也是販售高品味生活態度的嘉莉，從同學那裡挖到不少稀有罕見的寶貝，裝飾她和大正獨一無二的家。

夫妻倆都很滿意這個空間，新婚時期，他們以類似集點的概念，在屋內每個地方交換荷爾蒙，客廳、廚房、餐桌、浴室。但她最中意的還是主臥室裡的乳膠床墊，熱愛冒險的他則偏好陽台，一邊香汗淋漓，一邊欣賞遠方山景。

後來女兒出生，夫妻倆在水草編織坐墊的西班牙老古董椅上逗弄初生的書書，在路易十五風格的雕刻橡木餐桌畔餵食副食品，夜晚在窗邊的月光下，就著黃銅大理石燭台的光芒，清唱搖籃曲哄她入睡。

「書書是爸比的小公主，媽咪是爸比的皇后。」大正常把這句話掛在嘴邊。

「不要，我要當女王。」嘉莉扁嘴。

「好，給妳當女王，老婆說了算。」大正臉上縱容地笑著。

家裡就是皇宮，每一個角落都充塞美好回憶，他們曾經好幸福。

某一晚，兩人躺在眠床上親暱摟著彼此，以戀人之間的繾綣絮語消磨時光，嘉莉撒嬌地說：「老公，答應我，你一定要活得比我久。如果你比我先走，我一定會很難過。」

事後她自己都覺得幼稚可笑，但當時，大正寵溺地捏了捏嘉莉的鼻頭，滿口答應下來。

「放心，下輩子我也會找到妳，追求妳，娶妳。」

「還有下下輩子，好幾輩子。」

「一言為定。」

離婚後，這無法兌現的諾言變成嘉莉的怒氣來源之一。俗話說，男人的嘴，騙人的鬼。

嘉莉搬離時刻意不帶走一件家具，大正也不願觸景傷情吧，只是他的做法更絕。

嘉莉脫掉鞋子，找不到鞋櫃和拖鞋，只得光著腳踩進屋內，踩出滿室跫音。她在廚房找到兩包垃圾，用骨瘦如柴的手臂提起，其中一袋滿是菸蒂，另一袋充滿了要資源回收的啤酒罐，嘉莉忽然莫名其妙笑了起來，她完全能理解大正的心情。

以前，死亡是他們的仇敵，無情帶走了兩人的愛女；現在死亡卻是恩人，讓他們變為站在同一陣線的夥伴。

「咦，這是什麼？」

嘉莉瞇起眼睛，大正的垃圾包裡，夾藏了一張四乘六的彩色相片。好奇心的驅使，嘉莉解開袋口，從菸灰中撈出相片。

照片中的場景就在這屋子舊時的客廳，茶几上擺著一個插有數字五蠟燭的生日蛋糕，他們一家三口笑嘻嘻地望著鏡頭，大正伸長手臂摟著她們母女，猶如張開保護的羽翼，嘉莉則輕輕握著書書抓住蛋糕刀的小手。

嘉莉淚水潸然，轉頭瞥向暗房。

當她推開暗房的門，驚見一張張懸掛在牆上的照片，將暗房打造為她們一家三口專屬的紀念牆，嘉莉的心臟痛到幾近麻痺。大正是被詛咒困住的地縛靈，只能在原地重複相同的動作，不斷沖洗照片、再不斷地丟。

耳邊彷彿響起秒針跳動的滴答聲，幸福轉瞬即逝，生命正在倒數。

這一刻，嘉莉做出決定，她要在眾多被丟棄的過往中，淬鍊出屬於自己值得回收的人生片段。她要收拾打包行李，搬回和大正共同的家，照顧他，不讓他擔心，活得比他久，直到他的地老天荒。

嘉莉微笑，向來對承諾和賭局胸有成竹的大正，這次恐怕要失望了。

夜晚，嘉莉和大正手牽著手去倒垃圾，明明叫他留在家裡休息，他就是不肯聽。最近大正黏得緊，像是罹患了分離焦慮症，搞得好像嘉莉下個樓就會走失似的。

他們夫妻倆在社區大門口遇到經營小吃店的年輕情侶檔，見了面，點點頭，笑一笑。自從嘉莉和大正和好以後，兩人開始願意和鄰居互動，整個世界似乎順眼了

不少。

「咦，現在是規定倒垃圾一定要兩兩一組，不然不受理嗎？啊，好羨慕你們。」那名喚勤芬的女清潔隊員調侃他們。

「辛苦了，要不要喝杯茶？」安柏走向勤芬，遞上一杯手搖飲料，「無糖去冰，比較健康，我有聽話唷！」安柏幫她拆開吸管並插上，「請用。」

「又有飲料喝，真好。」勤芬拉下口罩吮了吮，「哈，真的完全不甜。」

安柏衝著勤芬傻笑。

大正捏了捏嘉莉的手，兩人也不由自主地微笑。此刻，夜色溫柔起來。

07 三面夾擊

糟糕的伴侶能讓你生不如死，婚姻如是，工作亦如是。自從和彭哥搭檔以後，和家祥相看兩討厭的日常彷彿噩夢重演，負能量是會傳染的。

彭哥再度帶著酒臭味來上班，對於我這種不菸不酒的人，異味是種折磨。

「幹嘛？」他注意到我皺著鼻子。

「你喝酒嗎？」我從副駕駛座轉頭睨他。

「保力達配臭豆腐，今天早餐。」彭哥補充：「安啦，都好幾個小時了，酒測穩過啦。」

「服了你。」我翻白眼，被他熏到不行。

「嫌我有味道？垃圾都沒在怕了。不喝點補充體力的怎麼行？妳可以在路上睡覺補眠，我不行耶！疲勞駕駛怎麼辦？」彭哥說。

資源回收車搖搖晃晃行駛在公路上，朝資源回收廠前去。最近回收量太大，彭哥沒敢像之前和我哥起衝突那樣，要我「吃下去」。

「吃下去」是清潔隊的行話，意思是不管資源回收量有多大、資源回收車後斗是否快要滿而溢，清潔隊員自個兒在茫茫垃圾大海裡自求多福。

配合簽約的回收廠遠在半小時的路程之外，來回就是一小時，通常在下午與晚上的兩次垃圾清運行程之間。老司機絕不可能太勤勞，天天跑去傾倒，都是等車斗滿到不能再滿，才勉為其難走一遭。在那之前，就會要隊員「吃下去」，反正硬著頭皮上工就對了，祈禱意外不要上門。

自從哥哥和彭哥因「吃下去」起衝突，兩人就徹底撕破臉，在清潔隊王不見王，遠遠看見對方就繞路而行，迫不得已共存於同一個空間也把對方當作空氣。至於我和彭哥的私人恩怨，完全與他們的戰火無關，純粹個人喜怒。

最近，每次資源回收車過磅都超過五百公斤，彭哥只好摸摸鼻子乖乖開車來來回回去回收廠傾倒。

路程中我坐在副駕駛座上發呆，因體力消耗和無聊而開始昏昏欲睡，這時，彭哥的手機響起。

彭哥一手握方向盤，一手按了按藍芽耳機開關。

「老婆？沒有啦，哪有愛睏！」彭哥忍住一個呵欠，道：「蝦毀？跟人吵架？你說跟組長喔？哪個八婆抓耙子跟妳說的？吼，沒有吵架啦，只是跟組長talk talk，溝通啦。」

我豎起耳朵偷聽。

「不就早班那個歐巴桑，說掃街太累，想要轉調晚班，我就去幫她喬啊。對啊，歐巴桑說下雨天踩水溝蓋容易滑倒啦，之前有隊員摔傷頸椎，休養了三年還沒康復啦。還有說不想處理命案現場，就車禍啦、自殺跳樓的現場嘛，她很怕看到屍體、腦漿什麼的，覺得不吉利啦。想太多，馬路上哪有那麼多死人？她上個月也只是清理了一隻給車撞死的流浪狗而已。

「對呀，當然不能亂移動，不然狗主人怪我們沒急救害狗死掉怎麼辦？反正先掃晶片，沒有登記的話就放紙箱送到焚化廠冰櫃等動保處接手就好啦，簡單得很。怕屍體咧？總有一天我們都會變成屍體的啦。反正我去幫她講，組長喔……當然不甩我啦，所以我就講了他兩句，年輕人真的很不懂得體貼長輩耶。」

資源回收車忽然轉彎，表演了一個大甩尾，安全帶緊勒，我被甩得撞向車門，側腦狠狠敲了車窗一下。「彭哥！專心開車啦。」我怒吼，搗著我的頭。

「好了不說了，新來的母老虎又發作了。」彭哥訕訕掛斷。

回收廠到了，彭哥踩煞車減速，一臉若無其事，但我可沒打算輕易放過他。

「邊開車邊講電話很危險！」

「妳的家人都不打電話給妳？家裡沒溫暖喔？」

「如果彭嫂閒著無聊可以去上班，開車的時候聊家務事，不好吧？」

「我們講的是公事。」

「你真的很愛強詞奪理。」

「啊早班歐巴桑就需要幫忙啊。」

「還很雞婆。」我雙手抱胸搖搖頭，不過，彭哥彭嫂的對話倒是給了我靈感，讓我萌生了新的念頭。

又是平安結束工作的一天，沒有撞到任何活的或死的東西，車上兩人皆健在，我的腦袋瓜只有一點點痛而已。

下班後，我衝進組長辦公室，隔著辦公桌站定。

組長正準備下班，在收拾東西，「又怎麼了？把妳調去和彭哥一組，覺得很委屈？」

「不委屈，除了把份內工作做好，我沒有想別的。」

「那妳幹嘛不讓我下班？」

「組長，」我扭著手指，擠出討好的笑容，「聽說白天缺人，我能不能換去早班？」

他默默瞅著我。

「不是為了逃離彭哥喔，只是希望作息能搭配兒子上下課的時間。」

這是權宜之計，我想了想，偷翻資源回收車被有富抓包了，我也承諾不再犯，既然情資收集告一段落，也許該祭出新策略，讓我在監護權官司上更加有利。左思右想，能兼顧照料小孩的工作時段，對單親媽媽來說再完美不過了。

「早班？」組長偏著頭。

「對。」我迎向他的審視。

「你們兄妹耍我是吧？」組長慢條斯理地說：「妳剛進來，我本來也打算分妳去早班，女生嘛，掃街清水溝不是很好？是偉同來找我，拜託我把妳放在晚班，他願意三個月不排休，負責把妳訓練好。我想想也可以啦，親兄妹嘛，想要關照自己人是理所當然的事，偉同要幫我帶新人也不錯啊，乾脆做個順水人情。」

「我哥……找組長？」

我愣了愣，剎時感慨又感動。

童年時期家境不好，爸爸媽媽忙於工作，照顧小自己三歲妹妹的責任就落到了我哥頭上。不會寫的功課由哥哥教，聯絡簿也由哥哥代簽，就連晚餐，也是哥哥放學後煮一鍋白米飯，我們再淋上醬油攪拌，配半顆鹹蛋。

國小三年級，我和同班男同學在排放學路隊的時候吵架，我被同學踢了一腳，一路哭著回家。我哥隔天就去教室找對方算帳，抓著對方的領子逼他跟我道歉，那個男同學嚇得差點尿褲子。

而當年，哥哥高中畢業後沒能繼續念書，是因為爸媽只付得出我們其中一人的學費，哥哥自願外出工作、分擔家計，還常常塞零用錢給我。

原來平日裡罵我、嗆我的傲嬌哥哥，我那臉皮太薄、自尊心又太強的哥哥，嘴上嫌棄我和他一起工作，私下卻放低姿態拜託組長。

「組長，這些事……我都不知道。」

「這我不管啦！一下這樣一下那樣，你們兄妹能不能先溝通好？」

「拜託。」我雙手合十。

「下定決心了？」辦公桌那頭，組長意味深長地看著我。

「對。」我說。

組長想了想，「那好，妳幫我做一件事。」

「可以。」

「好。」組長看起來很滿意，「我聽說偉同在兼差？」

我腦中警鈴大作，「組長指的是開計程車吧？他有空才去，也不一定每天啦，不影響正職。」

「只有這樣？」

「我知道的是這樣。」

「每輛垃圾車上都有安裝ＧＰＳ喔！你確定偉同沒有做什麼觸法的行為？」

我張大嘴巴，「違什麼法？」

「想好再回答欸，妳不是正在和前夫搶監護權嗎？道德瑕疵應該也是法官考量監護權的重點吧？蓄意隱瞞等於是作偽證喔。」組長盯著我。

「怎麼可能違法！誰在亂說話？」放眼整個清潔隊，要說誰最以這份職業為傲，絕對是我哥。

組長抿起嘴角，算計的目光兜轉，笑容高深莫測：「沒關係，妳再回去想一想，如果注意到不對勁的地方，歡迎隨時來告訴我。我們互相幫忙，在事情弄得更糟糕以前先處理掉，萬一真的出包了，大家都會完蛋，知道嗎？」

「……真的不可能，我以人格保證。」

「要不要……吃宵夜？」有富在清潔隊門口等我。

「OK啊。我哥咧？」我問。

有富聳聳肩，而我的肚子咕嚕嚕叫，和職場小人鬥爭實在太消耗能量了。

「那就拋棄他吧。」於是，我們並肩走在深夜的涼風裡，「好餓唷，我想吃好多好多東西，滷味、臭臭鍋和羊肉湯好像都不錯。你覺得呢？」

「……給妳選。」他微笑，笑得像照亮黑暗的街燈。

這傢伙真的很奇怪，累了一整天，還能那麼有精神。

最後我選了一家位於夜市街上的熱炒店，靠牆的小矮桌，店內客人半滿。我把琳瑯滿目的菜單上畫得滿江紅，點了滷味拼盤、鐵板腸旺和羊肉湯，外加炒青菜。

「要不要……白飯？」

「看這些重口味的菜，好像應該要配飯？可是，宵夜已經夠罪惡了，我不想攝取澱粉，最近動得多也吃得多，好像胖回來了。」我被自己的猶豫不決弄得很煩。

「我覺得……女生要有點肉……才好看。」他視線低垂。

我的雙頰躁熱了起來。

有富居然鼓勵我多吃，還記得剛生完洋洋，身材還沒恢復，有一次陪家祥出席同學會，他竟用嫌棄的眼光打量我，還叫我換件寬鬆點的洋裝。

其實我對愛情早已不抱希望，剛從愛情墳墓爬出來，怎麼可能蠢到再跌回去？現階段，我只想好好當洋洋的媽媽。但不可否認，被人照顧、疼惜的感覺很好，好到讓我胃裡的蝴蝶展翅飛、心中小鹿亂跳。

我突然有種靈光乍現，也許我和有富合得來？而且他對洋洋也很好，這比我自身幸福來得更重要。

菜餚陸續上桌，食物好吃，氣氛愉快，就是少了點什麼。我想，若再來兩杯啤酒，興致肯定更加高昂。好比有富是暖男，可惜性格中缺了幾分積極和霸氣，他不是讓人意亂情迷的酒，他是解渴的茶。

「有富，你覺得結婚怎麼樣？」我邊吃飯邊問。

他被突如其來的問題嗆到，咳得滿面通紅，緊接著我意識到他可能會錯意。

「不是說你跟我啦！」我乾笑，「是說現在離婚率那麼高，好奇你對婚姻的看法。」

「喔……」有富舒緩了呼吸，臉色恢復正常，「我覺得，有結婚很好……沒結婚也，沒關係。不是每個人都……適合婚姻。」

有富的老實令我大失所望，我的胃口都沒了。哈，我期待得到什麼答案呢？難不成他會告訴我，跟我在一起的時光比獨處好一百倍，希望與我在人生路上相互扶持？

「也對，像你，一個人也過得很好。」我淡淡地說。

「勤芬，妳是不是……誤會我、我的意思了？我是說……尊重妳的生活方式……」他結結巴巴。

我已聽不進隻字片語，注意力遊走至擱在桌面上的手機，螢幕顯示家祥傳來的未讀訊息。

家祥說，洋洋暑假不能來我這裡小住了，他幫洋洋報名了夏令營。

我的腦袋嗡嗡叫，千頭萬緒冒出來：洋洋的測驗卷、家祥的新女友、監護權官司、和組長的談話、哥哥的副業……我還頭殼悶痛，這絕對是中風的前兆。

「對了，最近我哥有沒有跟你說什麼？」我停下筷子。

他一口腸旺還含在嘴裡，趕忙吞下口中食物，仔細想了想，說：「有。偉同說……他上網查過，孩、孩子的智商遺傳來自媽媽，他……滿生氣的。」

「那他有沒有跟你聊投資啊、賺錢啊那些話題？」

「沒……怎麼了？」

「算了，不提他，吃飯吧。」連有富都沒聽說哥哥搞副業，那肯定是不實的惡意攻擊了。

有富依然動也不動注視著我。

「怎麼不吃？」

「勤芬……我……很喜歡……吃、吃腸旺。」有富的結巴更嚴重了。

「然後咧？沒頭沒腦的說什麼啊你？」

他嚥了嚥口水，道：「我喜歡……腸旺，軟軟嫩嫩……還有辣椒……又辣又燙，很有個性……」

「腸旺很有個性？」

「不是每個人都喜歡……但我……很愛。」他沒有喝酒，臉色卻一片緋紅。

我忍著笑，心裡一股甜把鐵板腸旺端到他面前，「快吃飯吧你。」

※

「來，這個月的。」李老闆將薪水袋交給偉同。

偉同掂掂份量，瞄了紙袋上的數字一眼，笑容滿面連聲道謝。

前陣子偉同開始兼差開白牌計程車，想著多賺一點，但沒有車行當靠山，就只是憑運氣在街上亂晃攬客，有時一天只載一趟，賺個兩三百塊，耗費大半時間顧路。

所幸好運只是遲到，一日，偉同獨自赴釣蝦場散心，望著水面浮標發愣發愁時，一個耳熟的嗓音喊了他，原來是舊識李老闆。李老闆和偉同攀談起來，提及彼此近況，李老闆順勢邀偉同到回收廠幫忙。

他當然很缺錢，聽說回收廠挺好賺，問題是，礙於環保局有競業相關法規，弄不好還可能砸了好端端的鐵飯碗。

偉同沒有馬上答應，回家後掙扎許久，身為家中長子，他一向習於把責任往肩上扛；身為丈夫，他想讓老婆風風光光回娘家；身為父親，他想幫兒子請個家教，好好補強那科老是拖累總平均的國文。

自己可以穿汗衫短褲，抽最便宜的菸，家人寒酸邋遢了可不行。反覆思量後，偉同便答應下來，這份副業，頓成他龐大經濟壓力的疏洪處。

在資源回收廠兼差，偉同跟著李老闆邊做邊學，協助到府回收清運，以及廠內的重機具操作，從民眾手裡收來看似不起眼的破銅爛鐵，處理後轉手售出，親眼見證廢五金、廢家電、廢紙化身為寶藏。

回收垃圾成綠金，尤其是3C用品等電子廢棄物，根本是城市裡的礦山。收受轉手的買賣操作形同藝術，讓偉同大開眼界。

生活費、水電瓦斯費、各種稅金、兒子的學費，甚至是老婆想在越南幫她弟弟蓋的房子，這下都有了著落。

「謝謝老闆，我明天再過來。」返身離去前，他被李老闆喊住。

「有件事想和你商量。」李老闆雙手插腰，銳利目光環伺回收王國，站姿如雄鷹般昂然挺立，道：「你也知道，我兒子女兒都移民加拿大了，老婆又走得早，在台灣沒什麼親人。」

偉同點點頭。

李老闆七十多歲了，頭頂一片秋日芒草般的花白短髮，兩年前，雙眼才輪流開完白內障。他瘦小的身材漸不若年輕時靈活，病痛一個接一個登門造訪，回收廠的工作又是體力活，所以才需要一名吃苦耐勞的助手。

「兒子上個月打電話回來，說我年紀大、做不動了，要我別硬撐，乾脆收一收去加拿大跟他們住。」

「黑白講，你哪裡老？每天還能趴趴走咧，況且回收廠有我幫忙呀。」

「我也是這樣說！我告訴他，人生七十才開始，但我還真想孫子哩。」李老闆滑開手機相簿，秀出可愛孫子的照片，「唉，坦白講，我知道自己身體不像以前，所以……我認真考慮退休。」

噩耗重重揍了偉同一拳，一下子喘不過氣。

全家人都指望他，日子好不容易寬裕了些，李老闆卻想退休，若少了回收廠的薪水，他又得從頭摸索副業，真不知道下一步該怎麼走？

「是不是在擔心往後？」李老闆直截了當地問。

偉同搔搔腦袋，不好意思承認。

李老闆從口袋掏出菸盒，自己點燃一支，遞給偉同一支。老中二代兩名男子各懷心事，默默在吞雲吐霧中環顧堆得像小山的資源回收廠。

「回收廠看起來破破爛爛，卻幫我養大了一兒一女，還賺了三棟房子。我和很多公司工廠長期合作，一想到要退休，就覺得對客戶很不好意思。」李老闆話鋒一轉，問：「我就直說吧，你要不要接？」

「我接？怎麼接？」偉同差點咬到舌頭。

李老闆的慷慨提議化身為燙手山芋，打工和經營完全是兩碼子事，從事與公務相關的工作，本身已是違法行為，和偉同的處事原則背道而馳，他可是矇著良心來上班的。

他無法想像自己同時兼顧正職，又光明正大開回收廠，不僅有辱父母立下的腳踏實地門風，還有可能被清潔隊革職。

「同樣是收垃圾，自己出來開工廠，利潤高多了！垃圾除了掩埋和焚燒，還能再利用，廢棄物減量，變成循環經濟，是時代發展的重要趨勢。偉同啊，雖然清潔隊是鐵飯碗，但你還年輕，我如果是你就會想闖闖看。這時代的人很可憐啊，年輕的時候拚命工作存錢，把身體都搞壞了，老了以後再用存來的錢治病。尤其清潔隊工作更危險，一天到晚開車滿街跑，同樣是付出勞力，當然要多賺一點比較實際。怎樣，要不要賭一把？」

「這……」

「你爸和我以前是拜把兄弟，你就跟乾兒子差不多，要不是我兒子在加拿大有別的生意，我也想叫他來接。好啦，一枝草一點露，甘願做牛免驚無犁通拖。總之，你考慮看看再告訴我。」

※

沛文熟門熟路地走進貝多芬社區，手上拎著環保購物袋，搭電梯，打開門。家祥給了她一把鑰匙，每次在包包中摸到那支鑰匙，她心裡便甜滋滋的，有種歸屬感，成年人的愛情是踏實過日子。

「來吃甜甜圈喔。」沛文進屋，把甜點紙盒擱在餐桌上。

「等一下，我們正在檢討數學測驗卷。」家祥回答。

家祥眉頭深鎖，和洋洋圍坐在茶几前，測驗卷上滿是紅筆註記，看來兩人已奮戰了一段時間。沛文注意到，洋洋皺著小臉，在無聲的嘆息中更換姿勢重心，似乎快要被逼到極限。

家祥很在乎洋洋的功課，因為他自己也很會念書，小時候被嚴格的父母逼出好成績，理所當然地認為父子應承襲相同的優良門風，每天親自核對聯絡簿，數學驗算，國語訂正，確實完成了才能打電動十五分鐘。有時為了洋洋的國字不好看，會擦掉大半頁要求他重寫。

「這樣懂了嗎？」家祥問。

「不懂。」洋洋嘟噥。

「都教三遍了還不會？」家祥做了兩次深呼吸，忍著火氣，道：「好，我再從頭解釋一次。」

洋洋朝沛文拋來乞憐眼神，「可以休息一下下嗎？我想尿尿。」

「你十分鐘前才尿過。」家祥提高音量，「想逃避是吧？爸爸在教你功課，你怎麼可以比我還不耐煩？」

「洋洋可能累了，要不，先吃甜甜圈？」沛文問。

「不行！」家祥堅持。

沛文識相地退開，自知無權插手別人家的親子教養問題。

她默默敞開購物袋，一一取出採買的新鮮蔬果，有的擱在流理檯上，有的清洗後放入保鮮盒送進冰箱冷藏，用她自己的方式支持這對父子，也就是照料他們的飲食健康。

家祥廚藝不精，父子倆總是外食，在自助餐和擔仔麵之間進行無趣的變換，看不慣自己愛的男人和他的小孩餐餐以便當或乾麵果腹，沛文自作主張，每次來訪前都繞去超市補貨。

隨後，沛文開始為父子倆做飯。

烹飪對她來說是小事一樁，沛文洗米煮飯，壓下電子鍋後回到流理檯前，洋蔥、馬鈴薯和胡蘿蔔清洗後去皮切塊，在油鍋中爆炒洋蔥和雞腿肉，飄出香味後再加入其餘食材拌炒一會兒，接著倒入足以蓋過材料的水，等煮滾了再丟入適量咖哩塊，慢熬個二十分鐘。

濃郁的咖哩香味四溢，沛文手持鍋鏟，攪拌著眼前這鍋精心烹調的食物，卻遍尋不著平時做料理的喜悅，她還是感到悶悶不樂。

家祥打了把鑰匙給她，意謂著邀請她進入父子倆的生活，想和她共同經營未來，沒錯吧？假使兩人結婚，她就是洋洋的繼母，也有權參與洋洋的教育才對。就算缺乏和小孩相處的經驗，但她可以學啊，誰不是有了小孩，才學習當父母呢！

「啊。」刀尖一抹，沛文的指尖冒出血痕。

一個不注意，居然切到手了，沛文從隨身包包裡翻出液體ＯＫ蹦，回頭埋首攪拌咖哩鍋，邊自顧自生著悶氣。她告訴自己，等等煮完就要離開，讓他們父子倆繼續和數學習題搏鬥。

「好香哪。」家祥突然從背後摟住她的腰，往她臉上親了一口。

溫暖擁抱頃刻間軟化了她的武裝，沛文雙膝一軟，是愛情的力量。戀慕著男友的體溫和氣息，每次家祥示好，沛文都毫無招架之力。

「別鬧。」沛文掙脫擁抱。

「妳不開心？因為我冷落妳？」家祥問。

沛文白了家祥一眼：「鍋子很燙。」

「沒有不開心就好，否則我會心疼。」家祥摸摸她的頭，「明天我們出去看電影吧，就我們兩個，片子由妳決定。」

「洋洋呢？」

「洋洋的媽媽要帶他去遊樂園玩。」

「太好了，最近剛好上映了一部我很想看的新片。」

方才的疑慮一掃而空，沛文覺得一定是自己多心了，家祥明明是個好男人。

晚餐在笑聲中結束，沛文的拿手咖哩很下飯，連洋洋都吃了一大碗。飯後，家祥幫忙洗碗，沛文切了一盤甜柿，三個人窩在客廳沙發上，吃水果配電動。他們三個都喜歡口感甜脆的水果，蘋果、甜柿、香瓜、水梨通通都愛，甜柿上桌不消片刻盤底朝天，沛文早就料到了，馬上又去切了一大盤來。

「謝謝阿姨。」

「好乖。」

家祥朝兒子和女友投以充滿愛意的一眼。

尋尋覓覓多年，沛文終於找到嚮往已久的幸福，她的手臂緊貼著家祥，頭靠在他的肩上，情不自禁抿嘴偷笑。

洋洋去洗澡的時候，沛文和家祥肩並著肩滑手機，一則訊息揉皺了他的眼眉。

「怎麼啦？公司有事？」沛文問。

「老師傳訊息來，說洋洋的英文程度落後班級，這次小考不及格。奇怪，每次考前，我都有幫他複習啊。」家祥說。

「你們都盡力了，別給自己太大壓力。」沛文安慰。

「抱歉，明天我可能要先去學校附近的美語安親班了解一下。如果來得及，我們再去看電影，好嗎？」家祥歉然。

「沒問題。」沛文擠出善解人意的笑容。

洋洋的功課當然比約會重要，家祥的決定合情合理，是吧？但為什麼，沛文心底還是纏繞著淡淡的哀傷呢？

如果家祥把監護權讓給前妻，他們倆先過個一兩年甜蜜的兩人世界，再生一個屬於他們的孩子，該有多好？

「家祥，你有沒有考慮過……放棄監護權？」沛文裝作不經意地問。

「什麼？」家祥大為詫異。

他眼中的溫柔消失，被一種高度警戒取代，彷彿從纏綿悱惻的盲目情愛中清醒過來。

沛文見狀後悔極了，「我不是要你讓出監護權啦，我很喜歡洋洋，你把他教得很好。我的意思是，你應該爭取監護權，我一定支持到底。」

「聽妳這樣說，我就放心了。」家祥咕噥。

「早安。」身穿護士服的沛文精神抖擻，笑咪咪現身。

她在醫院服務了近十年，從小學妹晉級為學姐，一切工作得心應手，醫院好比她的第二個家。不過，最近她又多了第三個棲身之所，也許還是未來的家。

「春天來了，有人昨天晚上在男朋友家過夜喲！」同事阿娟語帶曖昧。

沛文沒有回答，臉上笑靨如花。

「新男朋友表現得怎樣呀？聽說很會賺錢的男人，那方面都不太行。欸，我跟泌尿科主任很熟，需不需要幫忙掛號呀？」阿娟促狹。

「不用啦，『體檢』一切正常。」

「哇！」

「小聲點。」沛文瞪她一眼，候診區中，一名女患者好奇地盯著她倆看。

阿娟壓低音量：「妳覺得他……是真命天子嗎？」

「嗯。」沛文笑著點頭。

她和家祥經由朋友介紹認識，朋友說要介紹一個黃金單身漢給沛文，家祥斯斯文文的，工作穩定，個性也不錯，沒有不良嗜好，朋友果然說到做到。

認識以後，他們發現彼此對電影和電動都有莫名喜好，而且品味一致，熱愛漫威英雄電影和競速類電玩遊戲，可說是一拍即合。

「但是……他離過婚耶。」阿娟嘟噥：「妳又不缺男人。」

沛文聳了聳肩，不以為意。

在醫院裡，雖稱不上最漂亮的那個，沛文也夠格排上前十名了，她是天生的衣架子，皮膚白皙氣質溫婉，從不乏人追求，尤其剛進醫院的前兩年，簡直炙手可熱，常有醫生藉機搭訕。

她和一個耳鼻喉科醫師短暫交往了幾個月，對方是備受家中疼愛的大少爺，只想找個漂亮老婆當配件。不甘於提早於職場退休，改為全職伺候媽寶，沛文毅然提出分手，放棄他人眼中「醫師娘」的光環。

這些年來，她又陸續談過幾段無疾而終的戀愛，醫師、藥師、藥廠業務……在背叛與被背叛之間打滾，分手與被分手之間輪迴，但好像都少了點什麼滋味，直到遇見家祥，才有種「終於對了」的感覺。

家祥之前有過一段婚姻，和前妻育有八歲兒子。那又如何？

沛文這輩子見識過許多大風大浪，在醫院工作，搭個電梯就能從太平間直達嬰兒室，飽覽生老病死，各種大喜大悲的場合，對她而言只是平凡日常。

有人說，二婚的男人特別疼老婆，因為曾經失敗，所以分外珍惜，也更知道自己要什麼。但也有人警告她，好男人都死會了，不可能重回人肉市場，一定要小心提防，搞不好有不為人知的缺陷，像是花心、打女人、吃軟飯等等。何必搶著去撿二手貨，做資源回收？

二手市場也可能撈到好貨啊，只是前一個物主搞不清楚使用方法，或覺得不合用罷了。沛文決心捍衛這段關係。

其實沛文追問過離婚原因，可家祥只是輕描淡寫地表示個性不合，和平分手。

「妳說他兒子多大？」阿娟問。

「小學二年級。」沛文說。

「哇，後媽不好當唷，做得好是應該，做不好，人家當妳虐待小孩。」阿娟說。

「安啦，洋洋很乖。」沛文笑答。

其實洋洋滿好相處，兩人第一次見面，她特地買了巧克力蛋糕當伴手禮。起先洋洋有點怕生，在沛文熱情招呼他吃蛋糕之後，可能是糖分發揮作用，兩人熟絡起來，洋洋也嘴甜地阿姨長阿姨短。

「呵，等他上國中，妳就知道繼母難為了。」阿娟說。

「妳忘了我在兒科待過？沒有我收服不了的小孩，如果不乖，就先打一針再給糖果。」沛文眨眨眼，說：「我可是很認真想和洋洋建立關係，我還勸家祥買任天堂遊戲機給他呢，寫好功課可以打十五分鐘。聰明吧？」

沛文沒有結過婚，缺乏和小孩深入交往的經驗，但打電動變成家祥、洋洋和她三人的共同嗜好，她們常一邊玩電動一邊笑鬧，沛文得以輕鬆進入他們父子倆的日常生活。

「完了，妳真的沉船了。欸，有好消息要通知我。」阿娟戳戳她。

「知道了。」沛文說。

兩人相視而笑。笑容還未淡去，沛文突然注意到，那名女病患還是猛盯著她，看得沛文心底發毛。

沛文暗自提醒自己小心，這年頭瘋子很多，奧客更多，前陣子別家醫院才發生病患在急診室砍傷護理師和醫師的事件，這年頭醫護人員也成了服務業，民眾愈來愈難伺候了。

隨後她進入復健科診間，為上午的門診進行準備，幾分鐘後醫師抵達。

※

候診區內，我挑選了角落的位置坐下，偷偷留心那位護理師，叫沛文的，家祥的新女朋友，不放過每一回她打開診療室房間門，探頭出來時的幾秒鐘。

我從洋洋口中打聽到她的名字和工作，先在社群媒體搜尋，輕而易舉找到了她的臉書帳號，是個漂亮的女人，我想要親自見見她，剛好我也有看醫生的正當理由。

她和我完全是不同的典型，長年處於室內，她的白皙肌膚和我的黝黑膚色幾乎成為對比，在護士服的襯托下，她的腰細得一捏就斷，猶如溫室裡的柔弱花束。還有她的細軟長髮，嚴謹地挽成包包髮髻，露出弧度優雅的頸子，姿態好似天鵝。

為什麼家祥會選擇和我如此不同的女子呢？她才是他真正欣賞的類型嗎？我嗅聞自己出門前補上的香水味，並再次檢查認真刷洗過的指縫，仍擺脫不了自慚形穢的感受。雖和前夫分道揚鑣，卻止不住胡思亂想瞎比較。

隔壁診間門口傳來一陣騷動，打斷了我流動的念頭。

「為什麼不讓我爸看？」一名推著輪椅的中年男子，對矮胖護理師高聲咆哮。

「你們就沒有掛號啊。」矮胖護理師嘆氣。

「我明明有掛號。」男子揮舞著手中的小抄，怒吼：「十六診，二十二號，妳自己看！」

「先生，你掛成明天的下午診了，麻煩先去樓下大廳櫃檯補掛，不然沒辦法看。」矮胖護理師耐著性子說。

「我不管，我爸現在就要看醫生。」男子瞬間失去理智，衝上前去對她又推又拉。

矮胖護理師尖叫——

一股怒氣上湧，我從椅子彈起來，抓著背包衝向男子；同一時間，沛文也跑出診間。

「放開！」沛文揮舞手中來不及放下的病例，大叫：「誰快幫忙叫保全？」

我猜這幾個月以來，我的力氣進步很多，當我拿背包一下一下猛力砸向男子的頭，他頓時痛得皺臉。

沛文把阿娟拉到身後，表情驚恐。其他病患家屬見狀，也上前幫忙制止男子。隨後保全人員趕到，以擒拿術壓制了那名瘋狂男子並且報警。警方抵達現場時，男子還一臉凶狠瞪著我，口中罵罵咧咧：「我要告她傷害！」

「好啊，那我也要向你提告。」矮胖護理師說。

男子被押走，跳號輪到我，我進入復健科診間，向醫生訴說病情，順利看診完拿到藥單，沛文遞給我時對我嫣然一笑。

前往大廳批價領藥，隨後，我在大門口被跑得氣喘吁吁的沛文攔下。

「等等，這杯給妳，謝謝妳剛才……呼，見義勇為。」沛文手裡握著一杯現打綜合果汁，臉頰泛起紅暈。

「妳太客氣了。」我受寵若驚。

「果汁內含蛋白質、維生素C、鉀還有檸檬酸，對健康很好唷。要不是妳幫忙，我和我同事就要被揍扁了，拜託收下，不然我會良心不安。」沛文溫柔笑道。

「沒事啦，我的工作也常常遇到奧客。」我害羞地接下那杯果汁。

「我知道，妳在清潔隊服務，腕肌腱發炎所以來看醫生。辛苦了，可以的話，盡量多休息才會好得快喔。」沛文說。

她的語氣好誠懇，雙眼閃閃發光，身穿護士服的沛文當真像是白衣天使。

我動搖了，剎那間重新定義了她這個人，無論是不是我前夫的新女友，我都很難再討厭她。

這讓我有點討厭我自己。

時針緩緩以滑步移動，凌晨三點，城市陷入昏睡。

哥哥帶她老婆兒子，又約了我和有富釣蝦吃宵夜，還叫我們盡量點，敢情中樂透了。

「哇，大手筆耶！皓皓吃多一點。」我對姪子說。

走入釣蝦場，向櫃檯買了三小時的時段，拿取釣竿和誘餌盤後，在池邊挑了個邊角的座位坐下。帶有鹹腥的潮濕空氣中，混合燃燒菸草和烤蝦的氣息。

塑膠誘餌盤內裝有一塊雞肝與一撮蝦米，喜歡釣蝦的哥哥動作老練，以竿測量水深調整浮標，接著將雞肝切成零點五立方公分的小塊，以魚鉤貫穿，手握釣竿拋出魚線。

「皓皓，蝦子是『夜行性動物』，最好在太陽下山以後釣。知嘸？」哥哥沾沾自喜：「娛樂順便教育，一兼二顧，摸蜊仔兼洗褲。」

「喔。」皓皓打了個呵欠，顯得意興闌珊。

偉同水平移動魚竿，往蝦子喜歡聚集的水泡周圍和角落裡移動，讓蝦子以為水裡的是活餌，提高上鉤機率。

浮標下沉，「喔，上鉤了！」哥哥咧嘴大笑。

嫂嫂請店家炒了幾個下酒小菜過來，有我最喜歡的椒鹽龍珠、哥哥指定的鐵板牛柳和皓皓愛吃的魚卵沙拉，腳邊的啤酒籃子也擺了三支鮮釀啤酒。

菸與酒，混合著熱炒爆香的聲音和味道，酒酣耳熱的氣氛，家人齊聚一堂，讓哥哥低聲哼起了歌，我哥就是這樣一個容易滿足的男人。

「大家快來吃好料。」眨眼間，哥哥端著一整鍋香氣四溢的胡椒蝦上桌，「釣了七斤，大豐收。」

「偶爾來釣一次就好了嘿！明天還要上班，酒也少喝一點，肝會爛掉。」嫂嫂說。

「烏鴉嘴！跟恁爸一句來、一句去。」哥哥道。

有富呵呵笑著，我也想插嘴說個幾句，但手機響了。

「蔣小姐嗎？」來電者表明來意，原來是我期待已久的、法院指派的社工人員。

我的心臟狂跳，對方聽起來很年輕，和我的預期完全不同，我還以為法官會指派一名女性，而且和我一樣是個母親，結果是個男的。

「等我一下，」我走向角落，拿出最謙恭有禮的口吻，「您好，感謝百忙中抽空和我聯絡。」

「敝姓蘇，想跟妳約個時間見面聊聊。」

「沒問題，都可以，我都方便。」

我的腦袋高速運轉起來，計畫著該穿什麼衣服、該泡什麼茶、該切什麼水果來款待對方。該來的還是會來，也只能硬著頭皮面對。

相約下個月中的平日下午，我和社工人員單獨直球對決。怎麼辦，我還沒有十足把握，說服洋洋選擇跟我……

掛上電話，我靈機一動。

我問有富：「下週末，陪我帶洋洋去遊樂園玩好不好？還可以帶皓皓一起去，我們四個一定可以玩得很開心。」

有富爽快地答應下來。

遊樂園是拉攏洋洋的最後手段，若社工人員問及他的意願，我必須讓洋洋百分之百站在我這邊。

「哼，等恁爸再多賺一點，就包車帶大家去遊樂園，不對，去香港迪士尼。」哥哥大聲說。

「不要只會吹牛啦，要是發財了，先蓋別墅給我呀。」嫂嫂說。

「對了，你最近到底在兼……什麼差？」有富問。

我的腦袋被沛文、洋洋還有社工塞滿，經有富這麼一提醒，我終於想起一直被自己拋在腦後的事——向哥哥打探兼差的情報。

「對啊，哥，」我順勢加了點力道，「你到底在做什麼副業？有好康不揪？」

「沒有啦。」哥說。

「你沒跟他們講回收廠的事嗎？」嫂嫂催促道：「有什麼關係，都自己人。」

「妳閉嘴。」哥哥忽然惱羞成怒。

場面突然變得沉默，我和有富驚恐地對望一眼，原來組長的說法並非空穴來風。

我正色道：「你知道偷清潔隊的東西去變賣是違法的吧？之前有別縣市的清潔隊員，開垃圾車幫回收廠載廢棄物去焚化廠，用公家身分幫業者節省處理費，後來被開除了。」

「不知道就不要亂講！」哥哥大驚失色，吞吞吐吐地說：「我沒有公器私用，只是抽空去幫忙，不知道我養家壓力很大嗎？」

他嚇到彎腰駝背，整個人縮小，「恁爸」都變成「我」了。

真相水落石出，哥哥最近變得有錢，是在資源回收廠兼差。實在無法想像，真心以清潔隊為榮的哥哥，居然冒著丟工作的危險，違法賺取賺黑心錢。

「你想害我打輸監護權官司？社工就要來探視了耶。」我質問。

「關官司什麼事啊？」哥說。

「法院會把小孩判給有犯罪紀錄的家庭嗎？做人不要那麼自私！」我生氣地說。

「妳才只想到自己！」哥也動怒了。

「這跟我無關，是關乎職業道德。」

「笑死人，妳什麼時候變得那麼認真？妳只是把清潔隊當跳板，利用這份工作想要贏監護權，不要假清高、唱高調啦。」

「我……」

「好了！」有富重重嘆了口氣，道：「偉同，我可、可以當作剛剛說的……都沒聽見，你……不要再去了。」

和哥哥大吵一架後，我們就處於冷戰狀態。有富也絕口不提那天的爭執，雖然疙瘩還在，我們卻很有默契地裝作若無其事，帶兩個孩子到遊樂園玩。

「我要坐雲霄飛車和海盜船！」洋洋高舉雙手歡呼。

好久沒看到他興奮地又蹦又跳，我一手牽著又蹦又跳的洋洋，一手搭著皓皓的肩，對捧著爆米花的有富笑了笑。

一直覺得，遊樂園有種讓人忘卻現實的魔力，會喚醒成年人內心的孩子，自然而然由內而外地放鬆。彷彿有層透明的圓弧形蓋子，將遊樂區的奇幻國境罩在裡面，徹底與世隔絕。每張臉上都洋溢著笑容，每個角落都充滿歡聲絮語，穿布偶裝的工作人員滿街跑，揚聲器熱烈播放活力四射的音樂。

「雲霄飛車要一百三十五公分以上才能玩。洋洋，你夠高嗎？」我說。

「每個禮拜爸爸都帶我去打樂樂棒球，我還上了跆拳道課，上次健康檢查，護士阿姨說我一百三十六公分了。」洋洋說。

「跆拳道？我都不曉得……」我忍不住感慨，摸摸他的頭，「難怪你好像變壯了，個子也抽高，都快到我肩膀了呢。」

「我們去排隊嘛。」

「好。」

這天人潮眾多，排隊很花時間，但我們還是玩了好幾項遊樂設施。其中最刺激的是太空山和自由落體，結束後我嚇得腿軟，幾乎是讓有富攙扶著爬下座椅，洋洋卻樂此不疲，吵著要大家陪他再玩一次，看到孩子那麼盡興，我也只能捨命陪公子。

「走，我請吃冰。」

我們在噴泉廣場旁的小餐車買了造型冰棒，遊行時間即將到來，便一邊舔著冰棒，一邊走向遊行路線行經的主要大街。此時已人滿為患，好位置都被占光了，我們只能在人潮外圍引頸張望。

「來，叔叔抱你。」有富一把抱起洋洋，向來害臊的洋洋竟也欣然接受，雙手摟住他的脖子。

先是由吉祥物布偶領隊，向大家招手送飛吻，接著是幾輛被鮮花和氣球妝點成城堡的花車，車上的樂手以小喇叭、伸縮喇叭和薩克斯風演奏出遊樂園主題音樂。

踩高蹺的人從我們面前晃眼而過，然後是揮舞彩帶的人，再然後是吹出超級大泡泡的人。還有身穿宮廷洋裝、打扮成公主的女舞者們，以訓練有素的姿態演繹出呈現整齊劃一的舞蹈。

洋洋看得目不轉睛，嘴巴都忘記合起來。

有富也是，他微微笑著，露出可愛的小虎牙。

倒是皓皓一整天都一副心不在焉的模樣，看得我好心疼。這時代的小孩真可憐，在升學壓力和叛逆期的連番攻擊下，連怎麼笑都忘記了。青春期的稜角，就留待歲月磨平吧，但願洋洋到了這年紀，我能親自陪伴他走過成長階段的矛盾與衝突。

再偷瞄洋洋一眼，周遭遊客幾乎都以家庭為單位，有富陪著我們母子倆，看起來也像一家人，這一幕不禁讓我有些感動。再婚的念頭主動跳進我的腦海，有富對我們母子真好，往後的日子，我們三個人好好相處，或許也不錯？啊！我又胡思亂想了。

遊行結束，我們接著觀賞了一場結合話劇和魔術的室內表演，隨後在紀念品店稍作停留。以園區吉祥物為主題的禮品琳瑯滿目，洋洋瞪大了眼睛，東摸摸西看看，對文具和玩具愛不釋手。

「喜歡海豚嗎？」

「我比較想要花園鰻。」

「哈，媽咪猜錯了。那媽咪買一大一小兩隻花園鰻給你，大的是媽咪，小的是你。好不好？」

「那爸爸呢？」

「你也可以挑一隻鰻魚爸爸。」我端詳洋洋，輕聲問：「如果可以選擇跟爸爸住，或跟媽媽住，你想選誰？」

洋洋侷促不安地扭動，「跟爸爸住很好，跟媽媽住也很好。」

「寶貝兒子，你可以跟媽媽說真心話，我不會生氣。」

「……如果搬去跟媽媽住，要轉學嗎？」

「應該要吧。」

「可是，我想跟好朋友同班，也想繼續打樂樂棒球。」洋洋一臉擔憂望著我說：「媽咪，妳難過了嗎？」

「沒有，當然沒有。」我摟住他。

送洋洋回家的路上，我始終沉默，有富屢屢納悶地側眼瞄我。抵達貝多芬社區時，我對有富和皓皓說：「等我一下，我陪洋洋上樓。」

「媽咪，我長大了，可以自己上去。上禮拜我英文考九十六分呢！」洋洋說。

我摸摸他的頭，道：「我知道，媽咪捨不得你嘛，再讓我護送一次？」

「嗯。」

我們母子倆手牽著手穿越中庭，他頭戴我從網拍買來的棒球帽，揹著我購自運動用品店的後背包，摟著花園鰻娃娃，幾乎一身都是我買的行頭，可愛極了，我想把洋洋此時此刻的樣貌牢記於心。

「爸比！」電梯口前，洋洋大喊一聲，鬆開我的手往前狂奔。

五公尺外，家祥張開雙臂迎接飛撲進懷裡的兒子。

而佇立於他身邊的女人——沛文，瞪大了雙眼，眸子裡的困惑漸漸轉為無法置信。我從她的神情變化中讀取出我自己的形象：陰險狡詐、設下陷阱、不擇手段接近她的男朋友的瘋狂前妻。

「沛文？」我不由自主走向她。

「妳不要過來。」沛文扭頭就走，扔下家祥和洋洋，腳步愈走愈快。

我不放棄追了上去，「妳認為我刻意接近妳，但我真的沒有。」

「妳早就知道我是誰？為什麼不直接承認妳是家祥的前妻？」

「我以為，妳知道我的名字，如果和家祥聊天聊到我，就會知道我是洋洋的媽媽。」

沛文猝然停下腳步，目光趨於冷峻，「莫名其妙！就算我和家祥在交往，也不需要事事向對方報備啊。別跟著我，妳到底想怎樣啊？」

「只是想把事情說清楚。」

「還不夠清楚嗎？妳到我上班的地方堵我，又和男朋友帶洋洋出去玩，然後在我和家祥面前秀恩愛，不就是要示威？」

「有富不是我男朋友。」

「天啊，那是重點嗎？」沛文不敢置信地地瞪大眼，「難怪家祥說他前妻方方面面都太潔癖了，龜毛又難搞！什麼都愛想太多。小姐，妳腦子打結？」

「林家祥說我什麼？」我緊抓住話柄不放，「他好意思講我壞話？笑死人，是他把離婚協議書丟給我的耶！」

「但是，是妳先開口的。」沛文口氣嚴厲。

我愣住。

「家祥說，每次吵架妳就提離婚，已經講很多次了……算了，我跟妳講這些幹嘛？」沛文頭也不回地離開。

我無法動彈，被舉目所及、不願意回想起來的痛苦記憶釘在原地。

動不動提離婚？

那只是為了表達我很傷心，脫口而出的氣話而已。

我坐在資源回收車上發呆。

我對這輛車很熟悉了，知道椅墊哪個角度最舒服、煞車時該抓哪裡。

這陣子我常發呆，花大把大把的時間思考，我搞砸了很多事情，卻搞不清楚是錯誤怎麼發生的。不知道如何阻止哥哥違法賺外快？如何解釋和沛文以及有富之間的誤會？該拿監護權怎麼辦？我被三面夾擊，而且還因為工作累個半死。

清理別人的垃圾我很行，對付自己的，就不知從何下手。

彭哥坐在駕駛座上偷看我，他在口袋裡塞了一把水煮花生，熟練地用單手剝殼，花生米往嘴裡丟，「臉很苦瓜喔。」

「你有小孩嗎？」

「沒有。」

「那你不懂。」

「是喔？」彭哥又剝了一顆花生，殼扔進紙杯子裡。

「你們幹嘛不生？生不出來？」

「自己都過不好了，幹嘛生小孩？把一個生命拖到世界上一起受罪？」

「這我就不同意了，就算不是有錢人，只要給孩子滿滿的愛，一樣能過得很幸福。」

「你確定小孩也這樣想？那教育呢？有錢人可以請家教、學才藝、上補習班，讓小孩子那個什麼……贏在起跑點？」

「誰說一定要補東補西？愈補愈大洞啦，搞得小孩都沒有童年，功課有寫完就好了！」

「好嘛，妳厲害，小孩功課妳自己教，問題是妳有時間嗎？」

「我……」

「那句成語是什麼？就……『各司其職』啦，是有道理的，人又不是萬能。我知道我沒能力，所以我不生。養不起啦！」彭哥嚼啊嚼，嘴裡花生混合檳榔的氣息飄出，「換個立場想想，妳難道沒有埋怨過家裡窮？如果讓妳選，想當清潔隊員的小孩，還是全國首富的小孩？」

「這……」我臉紅了。

坦白說，我從來不曾好好思考過這個問題。跟洋洋一樣大的時候，我很討厭別人嘲笑我髒臭、家裡是收垃圾的，也羨慕過便服日穿蕾絲洋裝上學、放學後有鋼琴家教的女同學。

父母的職業讓我感覺丟臉嗎？如果否認，那就是在說謊。如果我承認，不就很不孝？

現在我也是個清潔隊員了，一路以來走得辛苦，有很多惶恐的時刻，一個人，無依無靠，常常害怕。雖然想靠自己站起來，但是總感覺渺小又無力，尤其看到別人家和樂融融的樣子，我會別開臉，偷偷地羨慕。當沒辦法供應孩子別人家小孩有的東西，我會很難過。

我沒有車載洋洋出去玩，因為要上班所以不能時時陪伴，原來繞了一圈，我又走回父母的老路。如果堅持爭奪監護權，不等於讓洋洋複製我的童年？我對上倒映於擋風玻璃的熟悉雙眼，想要兒子陪，真是我自私了嗎？

這是我要的嗎？這是……洋洋要的嗎？想到這裡，我飽受打擊。

「啊要不要幫妳報名工會？」彭哥忽然問。

「什麼？」我不解蹙眉。

「加入環保工會啊，我看妳那麼多精力，整天想有的沒的，不如去奉獻一下，幫忙真正需要被幫助的人。有時候，解決別人的問題，也能順便釐清自己的問題啦，人生就是這樣。」彭哥打了個響嗝，滿車的花生味。

「天啊，真噁心。」我忿忿地搖開窗戶讓空氣流通，「你就是我的問題。」

「欸，大媽，我是關心妳耶。」

「不必。」

「嫌我囉嗦喔？也是啦，職場政治妳也很行啦，聽說下禮拜就要調去白天班？誰叫我大嘴巴，在妳面前說早上有缺人的事。我是無所謂，反正大家公平競爭嘛。」彭哥用舌頭剔牙，又猛吸牙齒，發出咂咂咂很吵的聲音。

又在倚老賣老，我忍不住翻了好幾圈白眼。話不投機，我幹嘛跟他浪費時間？我嘆氣癟嘴，眼尾餘光瞄到他打開一罐鋁箔包冬瓜茶，插進吸管，大口狠吸了起來。

「等等，那是我的冬瓜茶，是有富上星期買給我的耶！」我瞪眼。

「胡說八道，阿富仔也有買一罐給我。」彭哥理直氣壯地說。
「騙人。」
「妳喔，耳朵很硬啦。」
還想回嘴，但電話來了，我瞄向來電顯示，是我的寶貝兒子。
「洋洋？」
「媽咪，爸比要我跟妳說，下次我們約會要暫停一次。」
「為什麼？」
「因為我要去參加跆拳道比賽。」
「我兒子這麼棒！要媽咪陪你去嗎？」
「不用，爸比會帶我去。」
「……喔，那，最近家裡還好嗎？沛文阿姨有沒有說什麼？」
「什麼？」
「……沒事。」
「媽咪再見？」
「再見。媽咪愛你。」

下班時，有富又在門口等我，問我要不要吃宵夜？

「勤芬，妳快要……離開晚班了，以後就不、不能常常一起去……妳喜歡的那家……熱炒。」有富一臉惋惜。

最近我倆的深夜足跡遍及薑母鴨店、黑白切、鵝肉城和藥膳土虱，當然還有熱炒店。腰間肥肉多了一圈，情感也日漸增溫，我是屬於幸福肥的體質。

轉調至白天班，意味著從此以後我和他的工作錯開，作息完全不同。同時也表示，我在他和洋洋之間做出了選擇。下決心時，我完全沒有一絲猶豫，這不是顯而易見的嗎？但我還是隱隱擔心有富不能諒解，幸好他不以為意。

我的包包裡有三條在遊樂場買的花園鰻彩色琺瑯項鍊，本打算一條送給有富、一條給洋洋、剩下一條自己留著，當作我們初次同出遊的紀念，用一件信物串起我們三個人。

這三條項鍊在包包中躺了好久，遲遲找不到合適的時機。

「餓了嗎？」有富笑出一對小虎牙。

昏黃街燈下，我看著他和善憨厚的圓臉，不禁想起彭哥的尖刻訕笑。彭哥責備我自私，只考慮自己的立場，沒有把兒子的利益置於優先考量。

「你真的想和我吃宵夜嗎？其實不用特別遷就我。」我對有富說。

「為……什麼這麼問？」有富錯愕。

若我們的感情更進一步，不就等同於我把自己的煩惱轉嫁給他？這樣才自私吧？

可是，我也好想擁有第二次機會，每次在路上看見夫妻帶著孩子和樂融融的模樣，我都忍不住自問，為什麼我沒有？我到底哪裡比人家差？從而陷入自我檢討和懷疑。

說不在意都是騙人的，從超市拎著大包小包出來的時刻、月底省吃儉用的時刻和獨自去看醫生的時刻，也會想著，如果有人依靠就好了。

我也不是存心要羨慕或嫉妒別人，但孤單委屈的感受是真實的。

「我不想當個自私的人。」我呢喃，「我想要的幸福，對別人來說是幸福嗎？如果明知道自己的狀況很複雜，會把別人也拉進混亂，還繼續隨心所欲愛幹嘛就幹嘛，這不是太厚臉皮了嗎？」

有富噗哧而笑，端詳我的眼神半是疼愛半是無奈。

「笑什麼啦？」

被他這麼一笑，我倒是不好意思了。

他捏捏我的臉，「很……薄啊。」

「唉唷。」我拍掉他的手。

此時，有富正色道：「勤芬，妳幸福，我就……幸福，哪怕……妳只有一點點……喜歡……」

「你說真的嗎？要確定喔！」我的耳根發燙。

「吃……宵夜嗎？鐵板……」有富牽住我的手。

「腸旺。」我破涕為笑。

以前在晚班，是接近午夜才回到家，現在在早班，必須清晨四點多起床，打五點半的卡。

機動班顧名思義正是機動性質，哪裡缺人，就支援哪裡。此刻，我身穿排汗衫加雨褲的環保局制服，套上俗稱斑馬衣的反光背心，頭戴安全膠盔，和掃路班的同事們推著插有反光旗的手推車，沿著道路打掃。

班長遞給我一組全新的竹掃把，教我把柄插進掃把頭，再抽去粗枝。

「粗的都拔掉，才不會那麼重，然後把掃把頭盡量撐開，掃的面積才大。」班長說。

環保局提供的竹掃把來自廠商標案，直徑、厚薄和粗細都是固定規格，老鳥為了省力，自創出一套變通方法，撿來油漆工淘汰下來的棍子，比原本實心的掃把柄輕多了。

但清潔隊的長柄掃具還是重到不行，掃啊掃，像是龍舟比賽。我的胳膊歷經垃圾車工作的訓練，已鍛鍊出兩團鼓鼓的小肌肉，再來掃路仍是疼痛不堪。

我協助的這條路線長達兩公里，來回就是四公里，除了路邊的菸蒂和垃圾，沿途還有七萬兩千棵行道樹。上午的五個小時哪裡夠用？不敢想像秋天來臨時，永遠掃不完的落葉會讓人多麼喪氣。

頂著白晝的烈日工作，膠盔內層的網子和塑膠外殼之間形成了炙熱的空氣層，把我的頭整個悶住，頭髮全是濕的。收運垃圾和搬家具的同事戴安全膠盔非常合情合理，但我不明白，為什麼不讓掃地的隊員戴斗笠呢？

長官只會要我們看開些，別抱怨，說什麼環保局清潔隊隸屬於地方政府管轄，各地政令規定都不太一樣。包括我們桃園，台北市、新北市、台中市、台南市、高雄市等六都的財源相對充足，在工會的緊迫盯人下配備也隨之提升。但仍有許多偏鄉地區因財源和人力短缺，連口罩和棉紗手套都沒有，所以我們該惜福。

然而，清潔隊員的工傷比例還是很高，從前雨鞋設計不良，下雨天踩上水溝蓋容易滑倒，多名隊員還因此腳踝扭傷。

最驚險的一次，是一位清洗地下水溝的隊員，從洞口跌落後摔傷頸椎，休養了兩年八個月還是無法完全康復。最後因屆退休年齡，乾脆放棄復職，但等待他的未來是漫長的復健之路。

工會是我們僅有的求助管道，早期環保局只有配發家事用的矽膠手套，在工會的督促下，慢慢更換為掌心有特殊顆粒的防割刺手套，並且持續改良，舒適度提升，長度也延至手肘。雨鞋也是經歷了長時間的演進，才修正至目前的合用版本。

託彭哥一天到晚在我耳朵旁碎碎念的福，我也對工會如數家珍了。這樣想來，是該惜福了，是吧？

「勤芬，妳來一下。」班長喊。

我扭轉著疲勞的脖子和雙臂，朝前走了十公尺，馬路旁有隻血淋淋的米克斯，毛色混雜，發黑的舌頭垂掛在嘴邊，八成是給汽車撞死的。

「好可憐。怎麼辦？」我同情地說。

「妳先觀察牠是不是還活著。」班長向我解釋：「之前有個民眾養的狗被清潔隊處理掉了，民眾很生氣，認為狗有可能本來是活的，因為沒有急救，又被清潔隊搬運移動，所以才死掉。」

我按照規定程序，拿出晶片掃描器，發現牠沒有主人，流浪狗的機率比較高。接著，換上全套防護衣，當我將狗屍從柏油路上抱起，沾黏於地的碎裂屍塊更讓我於心不忍。

隨後，我把屍體放進紙箱，讓清潔隊巷弄車送至焚化廠的冰櫃，擺一陣子若沒被領走，就會交由動保處焚化。

「地上清一清吧。」班長拿來水桶。

我將肉屑、腦漿以及血水沖進水溝，內心不停默念阿彌佛陀。

據說之前禽流感流行的那段日子，若是遇到死鳥，還得拉封鎖線膠帶將現場圍起來，避免百姓接觸，等動保處人員前來判斷處置呢。

等到一切忙完，時間也來到中午，可以休息三個小時。

「我的網球肘可能更嚴重了。」放飯的時刻，我不禁嘆氣。

「打類固醇啊，我們長期在掃地的同仁，好幾個都固定在打。」班長無奈地說：「也有同事每天自己刮痧，刮到皮膚黑青，再貼個膏藥，反正習慣就好。」

「下午換支援哪裡？」我問。

「清溝。」他說。

「喔。」我認命地點頭。

所謂清溝，就是斑馬衣安全鞋全副武裝，兩兩一組，把路邊側溝的溝蓋打開，一個人拿挖淤泥、垃圾的白鐵圓鍬，一個人拿垃圾袋蹲在旁邊聞味道。

幸好我駑鈍的嗅覺早已練成金鐘罩，視排氣管、垃圾和廚餘的臭味如無物，再加上一個水溝味也不怕。

草草吃過午餐後，我和機動班的同事們攜帶工具，來到一處舊公寓前，里長親自來迎接我們。班長一見到他，立刻重重嘆息。

「居民說這條溝臭死了，麻煩妳們清一清。」里長說。

我奮力拉開金屬水溝蓋，濃烈的屎尿味撲鼻而來，直衝我的腦門。

「怎麼有化糞池的味道？」我頭暈目眩，扶著膝蓋連連乾嘔。

哇，我還是低估了清溝的威力！就算戴著口罩也無力抵擋尿騷味和糞臭，臭味大軍鑽入鼻孔佔領了我的嗅球。

「這棟大樓太舊了，當初沒有做污水處理管線。」班長說。

「意思是，排泄物都進水溝裡了？」我瞪大眼睛，「里長，這樣不對吧？應該是大樓要重新做管線，問題才能解決。不能每次都叫清潔隊來挖黃金呀！」

「沒經費。」里長雙手一攤。

班長莫可奈何地將圓鍬遞給我，道：「只要是路上的，都是我們的。」

我的作息一百八十度大轉變，日子看似平靜。

08 爆炸

滿身臭汗的偉同甩著毛巾擦脖子，走進組長辦公室時和彭哥錯身而過，兩人互瞪對方一眼。

偉同不知組長急著找他幹嘛，白天去回收廠工作，接著就來清潔隊上班，日夜操勞，都是些勞力活兒，真是忙翻天了，許久沒好好睡上一覺。

「組長，找我？」偉同敲門。

「坐。」辦公桌後方的組長老神在在，翹著二郎腿。

偉同不明就裡坐下，直覺不對勁。

「偉同哪，好像很累？」組長銳利的目光打量他，「我就直說了，關於違法兼差的事，上頭展開調查了，你隨時要有捲鋪蓋的心理準備。」

偉同嚇傻了，寒意凍到了骨子裡，老半天才反應過來，「誰說的？蔣勤芬？」

「那不是重點，重點是接下來怎麼辦？」

「哼！飼鳥鼠咬布袋，恁爸找她算帳。」

「不要一天到晚恁爸恁爸的，講話有點氣質嘛。往上報的人也是秉公行事，你都老前輩了，怎麼還這麼不懂事？」組長說。

偉同聽了，頹然癱在椅子上。越南娘家的房子蓋到一半，要是被環保局開除，該怎麼面對老婆？

「組長，我不能失業，家裡還有老婆小孩要養啊！拜託再給我一次機會！」偉同低聲下氣，懇求道：「組長也知道我比別人認真，沒功勞也有苦勞吧？」

「我是什麼咖？清潔隊又不是我說了算。」

「組長……」

「很快會有人找你問話，拜託好好回答，你不想拖累勤芬吧？聽說她還在搞監護權官司的事，對吧？」

偉同拚命想著，怎樣才能讓組長回心轉意，可是一切似乎已成定局。

組長遞給偉同一張紙，上頭寫了幾個名字和電話，「別說組長不挺你，名單上都是我的好朋友，工廠可能欠人，你打電話去問問看，就說我介紹的。」

偉同伸長了軟綿無力的手，接過那張紙片。

他離開辦公室，如一縷遊魂，心神恍惚地走向垃圾車。半小時後，垃圾車就發生爆炸事件。

※

今天是我人生中最重要的一天，我早起打掃，將屋子由裡而外拖了一遍，又拿抹布將家具桌椅上的灰塵擦了又擦，只差沒拿放大鏡檢查每一處死角。

雖然並非富麗堂皇之家，但窗明几淨是基本的待客條件。

隨後，我拿出昨天剛買的茶包沖好一壺茶，擺進冷藏室冰鎮，接著又切蘋果、洗番茄，把從柑仔店抱回來的貓耳餅乾和方塊酥擺到餐盤上。倒退兩步欣賞，覺得自己真是誠意十足。

下午三點半門鈴響起，社工人員蘇先生依約到訪，分秒不差。

「歡迎。」我笑盈盈地點頭。

蘇先生是個身材矮胖的年輕男子，身穿POLO衫和工作褲，肩上掛了個後背包，稚氣的外表像學生，高深莫測的表情又頗為老成，是個很難猜透的人。一進屋，他就盡責地掃視起周遭環境，完全沒在客氣。

「蔣小姐目前住娘家？」

「對，我和哥哥、嫂嫂，還有讀國中的姪子一起住，家裡人口很單純。哥哥嫂嫂都喜歡小孩，有空的時候也願意幫忙照顧一下。姪子和我兒子感情很好，彼此作伴又常常玩在一起，跟親兄弟一樣。」

「喔？」

我端出濃淡適中溫度剛好的涼茶，搭配宴客的點心，「請慢用，不要客氣。」

「蔣小姐的工作是？」

「我在環保局清潔隊服務。」

「聽說清潔隊的上班時間和一般上班族不一樣？常加班嗎？」

我端坐於沙發上，回答社工人員的身家盤查，幸好我從晚班調到早班，雖然清晨五點出門，但那個時間哥哥嫂嫂都在家，目前也沒碰到加班問題。

一問一答的過程中，我始終有種不太妙的感覺，蘇先生不算平易近人，桌上的餅乾和茶水他一口也沒碰，還從背包裡拿出自己的水壺，對我很防備，彷彿在我們之間劃出一條壁壘分明的清晰界線。

當我描述和洋洋的相處點滴時，他看起來不太感興趣，逕自拿出紙筆寫筆記，拋出更多疑問，似乎對物質供給有更多的好奇。完了，溫情攻勢是我最強而有力的籌碼，若以經濟能力為主要考量，我的勝算將會大幅降低。

「蘇先生，請您相信，雖然我賺得沒前夫多，但我保證，在照料小孩方面，我絕對比他經驗豐富，畢竟小孩從出生後就是我親手帶大的。」我誠心誠意地說。

「蔣小姐，到目前為止，都是妳一個人的看法。我想了解一下，妳跟孩子討論過跟媽媽住的事情了嗎？他有意願？」蘇先生問。

蘇先生點燃了我的焦慮。

游律師提醒過我，現在的法官幾乎都不太傳小孩出庭了，會依照社工訪視報告判斷，等到法院裁定下來後，若有不服，十天內還能提出抗告。我希望一次搞定，別再延長這份煎熬了。

「呃……」

我很想回答他，洋洋當然想跟媽媽住，我們母子感情親密，無話不談。但事實上，洋洋並不想改變目前的生活模式。

「我……」

手機鈴聲打斷我們。

瞄了一眼來電，是有富，不重要。我快速掛斷電話，對蘇先生說：「抱歉，你剛剛說什麼？」

「孩子好像滿習慣爸媽分居的狀況，沒有不適應？」

「話不能這麼說，洋洋本來就是個容易知足的小孩。」

手機不屈不撓再度響起。

蘇先生瞪著我，「沒關係，妳先接。」

「不好意思。」我歉然微笑，按下接聽鍵：「有富，我現在沒空！」

「勤芬？清、清潔隊出事了！」有富十萬火急地嚷嚷貫穿話筒。

「什麼？」

「垃圾車……氣爆，偉同在、在去急診室的路上！」

「我哥？傷得怎樣？」

嘟，嘟，電話斷線。

世界崩塌了，我彷彿看見哥哥頭破血流的慘狀。怎麼辦，該中斷家訪，還是趕去醫院讓蘇先生對我的印象更差？

我瞥向社工蘇先生，恨不得將自己分成兩半。

經歷一番糾結與掙扎，我笨手笨腳從沙發上起身，「對……對不起，我有急事必須出門。」

蘇先生面無表情，開始動手收東西。

「蘇先生，我哥工作的時候發生意外了，除了兒子，哥哥是我唯一的親人，我離婚以後，全靠哥哥幫助我重新站起來。他出事情，我一定要趕去處理，希望你能諒解。」我一字一句堅定地說。

蘇先生抬眼，沒有吭氣。

我繼續說：「或許你覺得我沒辦法給孩子優渥的生活，但我想說，清潔隊沒有低人一等，我能養活自己和兒子，給他滿滿的愛，光是這點就讓我感覺很驕傲。清潔隊員值得被尊重，也希望蘇先生和法官不要因此而不把洋洋判給我。」

語畢，懸浮於心裡的徬徨，也漸漸塵埃落定，因為我已經拚盡最後一絲氣力。

當我衝進急診室，被濃濃的消毒水味道包圍，四面八方的白牆朝我擠壓而來，映入眼簾的是各自忙碌的醫護人員，東張西望卻遍尋不著我哥。

哥哥插滿碎玻璃、血肉模糊的畫面猶如重複顯現的末世預言，我真的很擔心、好擔心、非常擔心，我不明白，哥哥是老經驗的清潔隊員，怎麼會發生意外？

嫂嫂比我晚兩分鐘抵達，她面無血色，走路搖搖晃晃，整個人都在打顫。

「偉同呢？」嫂嫂一見到我就撲上來，緊抓著我的手。

我攔下一位護理師，「請問蔣偉同在哪裡？」

「誰？」

「垃圾車爆炸，我們是家屬。」

「喔，兩位患者正準備動手術，家屬請稍等。」

一聽到「手術」二字，嫂嫂腿都癱軟了，我也嚇得魂飛魄散，只能我拚命撐住她，將她扶至座椅坐下。

「勤芬，怎麼辦？男孩子需要爸爸。」嫂嫂的淚水潰堤。

我自己也是心慌意亂，我也好想哭，但我不能跟她一起崩潰。我必須處理手術同意書、保險理賠，也許還牽扯了官司訴訟……

「別怕，我在……有我在呢。」我強自鎮定，攬著低聲啜泣的嫂嫂，輕輕摩擦她的膀子。

我倆在等候區乾坐了十分鐘，這十分鐘，簡直比連續收垃圾十小時還要煎熬。有一說法是，人之將死，眼前會浮現人生跑馬燈。我可以告訴你，其實，至親之人面臨生死交關的大劫，你和他之間的回憶片段也會一一浮現，逼得你不停落淚。

我哥蔣偉同，言語粗鄙又喜歡膨風，還常常不聽別人說話。但他任勞任怨，努力把家人的煩惱像倒垃圾一般處理掉，我無法想像少了他的生活。

一道撕心裂肺的嚎哭便從廊道另一端傳來。那哭聲之恐怖，彷彿源自靈魂深處。

我抬眼尋找，見不遠處，一名罹患小兒麻痺、腿部萎縮呈怪異姿態的婦女，在大批婆婆媽媽們的陪伴下，抽抽噎噎地以助行器一扭一拐朝這邊走來。

「阿彭哪——」

「彭嫂……我們真苦命啊！」

彭嫂和嫂嫂一見對方，頓如溺水之人抓住浮木般抱頭痛哭。

「阿彭白天賣臭豆腐，晚上開垃圾車，把自己搞得那麼累……如果阿彭有個三長兩短，我要怎麼辦？」彭嫂說。

「好心怎麼沒有好報咧？」一位阿姨說，「我之前當派遣工領清潔獎金嘛，要不是王八蛋社會局改了規定，變成房產價值低於五百五十萬的低收入戶才能來，我現在還在掃路班！都怪我先生繼承了他爸那個破房子。唉，我先生癌症，只靠我賺錢，如果不是彭哥幫我找工作，怎麼活得下去？」

「還有我還有我，上次跌倒，也是彭哥幫我找工會出面，去跟清潔隊協商……」另一位阿姨說。

原來，彭哥一天到晚罵什麼考試辦法不公、特殊身分開放比例太低，還有其他零零總總的看不慣，並不是源自於個人的義憤填膺，而是為他人打抱不平。

有時候我感覺，清潔隊員所冒的風險彷如俄羅斯輪盤遊戲，誰倒楣誰中槍。而且那天，我在資源回收車副駕駛座，找到滾落椅墊下方的冬瓜茶。

「偉同啊！」

「阿彭！」

女人們簇擁著嫂嫂和彭嫂，妳一言我一句的安慰。

想起彭哥每次什麼好康的都拿兩份，那副宛如老鼠藏匿食物的嘴臉，再看看彭嫂扭曲萎縮的腳和佝僂身形，無論過去有什麼恩怨和不滿，此時此刻，都在彭嫂的淚水中渲染淡化了，我只希望哥哥和彭哥平安無事。

一隻溫暖的手掌握住我的肩，我回頭，立刻撲進有富的懷裡。

「別……哭！」有富輕輕拍我。

有富還原爆炸過程，當時哥哥站立於垃圾車後斗平台，等待民眾陸續丟出垃圾，不知為何和民眾起了口角，彭哥隨即下車，對方見彭哥一副凶神惡煞模樣，摸摸鼻子識趣離開。此時我哥看車斗已八分滿，便按下壓縮鈕擠壓垃圾好騰出空間，壓根沒注意在爭吵時，有人往裡面扔了不該丟的垃圾……

轉眼間氣爆就發生了，垃圾炸飛四散，連車斗也被炸開，彭哥和我哥當場被炸飛，一陣混亂中有民眾幫忙叫了救護車。

「手術怎麼樣？」我抹去淚，抬臉問。

他皺起眉頭，緩緩轉向嫂嫂和彭嫂……

09 中年少女的祈禱

靈堂布置莊重肅穆，白色蘭花素淡雅致，佛經誦唱、薰香裊裊，遺照周圍飾有綢幔，我獨自坐在最前排，思索人生。

幾名同事圍聚在靈堂外竊竊私語，像公園的鴿子般吱喳，他們說，消防局判定為物理性爆炸，民眾丟棄的瓦斯鋼瓶是罪魁禍首。大家心懷擔憂，忍不住揣想，工作環境和制度再不改善，下一個出事的會是誰？

是啊，無論環保局宣導幾千幾萬遍：瓦斯鋼瓶、有機溶劑噴霧罐、化學液體和鋰電池絕對不能當作一般垃圾丟棄。但誰都無法保證意外不會發生第二次、第三次……因為，台灣的垃圾車文化優點是垃圾不落地，垃圾不必集中囤積太久，不會產生異味，缺點則是對於清潔人員來說風險很高。

「只能期待環保工會推廣的定時定點收運垃圾概念獲得重視，每個定點停靠十到二十分鐘，民眾不用趕，清潔隊員也不必冒險一路站著收垃圾。」一位同事說。

「但這勢必增加每戶人家走到垃圾車的距離，民眾會願意？」另一位同事說。

習題難解。

大正和嘉莉來了，我分別與他們二人擁抱，真誠撫慰彼此。

大正和嘉莉即將登記再婚，邀我當證人。大正告訴我，多虧我注意到嘉莉不對勁，雞婆了幾句，才能讓他們夫妻重修舊好，兩人也能在人生的最後階段陪伴彼此，走過遍布荊棘與彼岸花的化療之路。

再見兩人，大正和嘉莉好似一對彼此纏繞的夫妻樹，臉上的病容都給幸福照亮了。能在結婚證書的證人欄位簽上姓名，見證兩人黃昏霞雲般的燦目愛情，我非常樂意。

隨後，阿剛和安柏也抵達靈堂。

說來也巧，阿剛和安柏也在籌備婚禮。他們倆把小吃店經營得有聲有色，阿剛說，以前賺的是快錢，手頭闊綽卻經常失眠，現在是一塊錢一塊錢慢慢賺，但是心安理得。安柏也將賢內助的角色扮演得很好，兩人一個負責外場、一個負責內場，於公於私合作無間。

這幾個朋友拋開婚喪禮俗的忌諱，特地到場致意，我很感動。

至於我，法官把監護權判給家祥，我依舊維持探視權，也許，這是兒子所能擁有最適切的安排，我和家祥會找出一種合作模式，給洋洋完整的教育和愛。從割斷臍帶的那一刻起，孩子就朝自己的那片天空飛了起來，我想給予祝福，而不是成為他的包袱。

我輸了監護權官司，但是贏了家庭和樂。

有時生命的安排乍看之下坎坷，我們篳路藍縷，沿途披荊斬棘，甚至跪著爬著往前，越過一座山頭後，終能一窺人生景色之壯闊。再回過頭，也才懂得關關難過關關過的心境。

從事垃圾清運工作，看盡人生百態，每一件垃圾都是人生片段的擷取，泡麵碗隱約透露出經濟能力的背景，啤酒罐背後的語言是釋放壓力，保險套是愛與慾，滴雞精來自健康所需。

以前我很固執，把人生當成是非題。對與錯，黑與白，丟棄與保留，愛與不愛，沒有灰色地帶。

後來我學會，東西會壞，回憶會淡，關係會結束，情感會消失，連恐龍都滅絕了，這世上沒有任何事物能被永恆留住。有些關係需要被整理，有些人物需要被拋棄，有些回憶則需要被忘記。人生在某些重大時刻，往往必須斷捨離，腳步才能恢復輕盈，才能往前繼續走去，迎向往後更多的山頭。

「勤芬，節哀。」彭哥在我身旁坐下，嗓門有些大。

回顧當時，彭哥全身上下被玻璃割傷，血跡斑斑，送醫後發現耳膜破裂，緊急動了手術，現在聽力還沒完全恢復。

而我哥終究還是傷重不治，走了。

「有什麼我可以幫忙的嗎？」彭哥問。

「彭哥，我想加入工會。」我靠近他的耳朵，嗅到檳榔和酒味，定定地說。

「歡迎啊。」他點點頭。

皓皓摟著嫂嫂的肩進入靈堂，兩人默默地坐在我的另一邊。

連續好幾個深夜，我躺在臥室裡裹著棉被拭淚，發現屋內細索的啜泣聲此起彼落，整棟房子都沉浸在哀戚之中。我們都好無力，只能獨自消化或釋放情緒。

但現在，嫂嫂雙眼紅腫，依偎著神情肅穆的皓皓，皓皓彷彿一夕之間從國中生變成足以擔當家庭重任的大人，看著他抽高的身影，小心翼翼護著母親的樣子，令我莫名安慰。

「嫂子，清潔隊發起募捐，下禮拜我收齊了再轉交給勤芬。」彭哥起身，對嫂嫂說。

「可是……你們已經包奠儀了。」嫂嫂說。

「一點心意，嫂子別客氣，孩子也還小，總要為將來打算嘛。」彭哥說。

「謝謝彭哥。」我替嫂嫂開了口。

「其實偉同走了，我也很過意不去。」彭哥嘆了氣，「我一直想，如果我那天垃圾車開快一點，或是開慢一點，有沒有可能避掉意外？」

我搖搖頭，「沒這回事，垃圾總是會被丟出來，不是那天也會是隔天，真正該教育的是民眾。」

皓皓忽道：「彭阿伯，謝謝你那天沒有把我爸一個人扔在後面。」

「皓皓……」我驀然鼻酸。

「至少在意外發生前，爸知道遇到狀況有同事挺他。」皓皓說。

彭哥走向皓皓，拍拍他的肩，道：「你媽媽有阿伯的電話，有事打給阿伯，什麼事都可以，記得喔！」

「好。」皓皓點頭。

「我去幫有富的忙。」彭哥走向靈堂門口，協助有富和前來祭悼的人寒暄，收受奠儀。

皓皓重新坐下，坐在我和嫂嫂之間，兩隻手分別搭著我們的肩。

「媽、姑姑，爸爸有預立遺囑，他應該都打算好了，妳們不用太擔心。再幾年我就成年了，會幫忙照顧家裡。」皓皓說。

「你怎麼知道？」我愕然。

「有一次他喝醉，跟媽媽吵架，我扶他去廁所吐。爸說，清潔隊工作危險性高，所以要事先做好準備……啊，應該是兩三年前，那個清潔隊員掃街被酒駕撞死那天……其實爸爸那樣說，我有點嚇到。」皓皓說。

嫂嫂哽咽地吸了吸鼻子。

「我也應該預立遺囑。」我垂下頭。

「姑姑！」皓皓皺眉，「妳應該要說，我一定會每天平安下班回家，爽爽躺在我的床上，錢錢才不分你們呢。」

我苦笑瞅著他，回答：「好，我會每天平安回家，躺在我的床上，抱著我的存摺。」

「這樣才對。」皓皓擠出微笑。

哥哥，請保佑我們，給我們往前走的力量。

10 十年一瞬

「榜單出來了嗎？」家祥緊張到猛滑手機更新頁面。

「還沒，不要一直問啦。」洋洋不悅皺眉。

沛文被父子倆的互動逗得一臉好笑，她說：「老公，洋洋比你更在意成績，別再給他壓力，平常心就好。」

繁星計畫預計於今天上午九點放榜，從八點半開始，他們一家三口便人手一支手機，反覆刷新螢幕查榜，家祥還屢屢檢查無線網路主機和時鐘，懷疑時鐘走慢了，或網路訊號有問題。

被催得心煩意亂，洋洋索性躲進房間，砰的一聲闔上房門。

「這孩子真彆扭，也不知像誰？」他聽見家祥在門外嘟噥。

洋洋今年高中畢業，已長成身高一百七十五公分的翩翩少年，斯文外貌神似年輕時的家祥，只是，臉上平白多添了幾顆代表青春煩惱的痘子。

他的臥房內有一堵相片牆，張貼了從小到大的家庭合照、畢業照和旅遊照，有的照片人物是家祥、沛文與洋洋，有的，則是洋洋和勤芬，甚或加入有富、舅舅以及舅媽。更多的是兩家人合併為一大家子的團體大合照，看起來熱熱鬧鬧。

他稱家祥為「老爸」，沛文是「老媽」；勤芬則是「媽咪」。

老爸和媽咪剛離婚的那一年，洋洋鎮日惴惴不安，試圖兩邊討好。後來，兩人與洋洋當面懇談，抱著洋洋說永遠愛他，永遠是他的爸媽，收拾了他的不安全感。

同一時間老媽走進他們家，解鎖了老爸的眉頭，令他笑顏逐開。接著，在和洋洋商量過後，老爸老媽公證結婚成為合法伴侶。為了給洋洋全心全意的愛，老爸和老媽沒有再生小孩，為此，洋洋由衷感謝。

洋洋也感謝媽咪，媽咪沒有錯過他的每一場畢業典禮，有一次為了請假還跟主管槓上。洋洋特別喜歡一張和媽咪臉貼著臉的照片，他清秀的五官和勤芬深邃熱情的容貌雖迥異，不服氣的堅毅神韻卻宛如復刻，基因真是奇妙。

洋洋將國立大學環境工程學系設定為心目中的第一志願，也是受到媽咪的影響。媽咪任職於環保局清潔隊，有一雙勞動的粗糙雙手和服務群眾的柔軟的心。

媽咪教他如何在垃圾的汪洋中尋寶，游著游著，侷限的視野彷彿開了一扇窗。洋洋玩出興趣，發現垃圾會腐爛枯朽，但智識是不朽的，他決定以專門研究減少垃圾還有廢棄物再利用為畢生志向。

「有了！」洋洋顫聲吸氣，雙眼鎖定螢幕，嘴裡喃喃默念代碼。幾秒鐘後，口中迸發壓抑又喜悅的嘶吼。

「放榜了嗎？」家祥在房外敲門。

洋洋驟然推開房門，紊亂呼吸中難掩得意，對兩人說：「考上環工系了。」

「唷呼，幹得好！」家祥和沛文樂得擊掌大叫。

「老媽，說好的禮物？」洋洋嘴角高揚，掌心朝上。

「沒問題。」沛文伸手揉亂了洋洋的頭髮，乾脆地說。

「別忘了打個電話跟你媽咪說一聲，她一定會很高興。」家祥提醒。

「直接去一趟好了，順便把我昨天買的蜂蜜蛋糕帶去。」沛文說。

半小時後，洋洋拎著蛋糕先繞到隔壁巷子的舅媽家。

門鈴響起不久，皓皓循聲走了出來，問道：「如何?考上哪裡?」

「學長請多多照顧。」洋洋咧嘴。

「水喑！來我房間，我們一起打遊戲。」皓皓開玩笑地勾住洋洋脖子。

「我要先去找我媽。」洋洋說。

「肉腳怕了嗎？」皓皓垂涎盯著洋洋手中的蛋糕，「先放你一馬，蛋糕留下一半。」

「好啊。」

離開舅媽家，洋洋彎進隔壁巷弄。

媽咪和乾爹在娘家附近買了間中古公寓，走路只要三分鐘，洋洋也有一把鑰匙，跟貝多芬社區的串在一塊兒。

「乾爹。」

鑰匙叮噹作響，洋洋推開門時，滿臉鬍渣的有富正翹腳在客廳裡看電視。

「來啦？考、考得如何？」

「可以放心玩了。」

「讚！乾爹給你準備了……大紅包。對了，你媽跟工會去、去抗議了，要不要探班？送飲料？」

「我先把蛋糕放冰箱。」洋洋走向廚房，順手把半份蜂蜜蛋糕收進冰箱。

冰箱隔壁，是媽咪和乾爹的照片牆，上面貼有許多母子合照和他們夫妻倆出遊的照片。相紙上可看出兩人互為消長的變化，洋洋的個頭年年增高，勤芬站在他旁邊，看起來愈來愈嬌小，後來有富也入鏡了。

照片牆上，還有貝多芬社區阿剛小吃店的老闆和老闆娘的無數拍立得。洋洋小時候就認識他們倆，也一路見證老闆剃了光頭蓄起鬍鬚，老闆娘的肚子鼓了起來。比較後期的照片中，老闆娘腹部消褪下去，老闆手上則抱著一個新生兒，牆上也多了一張小孩的彌月照片。至今，照片還在持續在增加中。

至於一對署名大正和嘉莉的夫妻，常寄來各地旅遊的明信片，每一張都寫著：「勤芬，謝謝妳！」雖然洋洋不明白他們謝什麼。老夫妻遊遍日本北海道、韓國濟州島、越南雙龍灣……最後止於六年前的墾丁就不再繼續，彷彿他們的人生停格於墾丁的艷夏沙灘。

這些照片和明信片收藏，好似宇宙星系般圍繞著一張洋洋小時候畫的母親節卡片，母親卡是小宇宙的中心點。洋洋親手剪貼出康乃馨，用亮片拼湊組合出的「媽咪我愛您」字樣。在這最為成功的版本出爐之前，洋洋拋棄了好幾張失敗品，據說為了那些被丟掉的卡片，媽咪還傷心了好久，以為洋洋不愛她了，直至收到最後一版母親卡才釋懷。

「媽咪最近好嗎？」

「老樣子……凶巴巴。昨天晚上做、做惡夢，半夜把我搖醒，怪我……在夢裡罵她。」

洋洋啼笑皆非，「那乾爹怎麼說？」

「我說……『好嘛好嘛，對不起啦』。」有富拎著剛煮好的一壺澎大海，「走吧。」

凱達格蘭大道上，環保工會正在進行抗議活動，數台新聞採訪車停靠路邊，記者架設好的攝影機。工會理事長手持大聲公，其餘十多名工會同仁站在他身邊高舉海報和布條，眾人大汗直流。

勤芬加入工會多年，從代表、職安委員、理事一路做到常務理事。綁著馬尾的她站在人群第一線，理事長左手邊的位置，結實的肌肉線條和黝黑膚色讓她看起來比實際年齡年輕許多。

勤芬對洋洋訴說過加入工會的初衷。

十年前，洋洋的舅舅偉同在垃圾車氣爆事件中喪生，勤芬參加工會不是為了抗爭，而是希望清潔隊員的職安問題能被重視，提升勞動條件，降低傷害和死亡。她曾協助女同事處理性騷擾和請月事假被刁難的案子，鼓勵女同事勇敢在性別平等會發聲。

有富也是工會成員，但沒有勤芬那麼熱衷與投入，他偏好當個沉默但堅定的支持者，一如他一輩子擔任勤芬的後盾。

此時的勤芬眉宇間充滿自信，汗珠妝點素淨臉龐，活力四射的模樣像個少女，在洋洋眼裡閃閃發光，連乾爹也看得入迷。

「讓她過來……喝點水吧，免得大熱天裡、中暑。」有富還殷勤地捧那壺茶。

「媽咪！」洋洋朝她猛揮手。

「兒子，老公。」勤芬注意到他們，頓時眉開眼笑，雙眼笑成了兩道彎月。

洋洋把雙手圍在嘴邊成喇叭狀：「我、考、上、環、工、系、了！」

勤芬偏著頭讀唇語，剎那間，臉上泛起不可置信的喜悅。她激動地舉著海報又跳又叫，對身旁的彭哥大吼：「我兒子考上第一志願啦。」

彭哥咧嘴，比了個讚的手勢。

一個形跡可疑的黑衣人擋住洋洋的視線。

黑衣人以古怪姿勢橫向移動，活像跛腳的螃蟹，還拿手機近距離拍攝每一位出來抗議的工會同仁。

「乾爹，那個拿手機錄影的人，看起來不像記者。」洋洋問。

「是……稽查人員，他故意錄、錄下工會代表的臉……秋後算帳。」有富說。

「慘了，媽咪這樣替清潔隊員出頭，會不會黑掉？」洋洋憂慮起來。

「怎……麼不會？比較怕事的隊員看到她，還、還會閃呢！之前分隊長打電話……給你媽，勸、勸她不要參加工會活動，說要請她去……唱卡拉OK。你媽不理，分隊長就……刁難她請假。」有富搖頭，「但你也曉得，你媽那個人……才不怕，她說，我下班時間你……管不著！那麼好奇，你就跟我……一起去啊！」

洋洋噗哧笑了，「的確很像媽咪的作風。」

那名稽查黑衣人踱至勤芬面前，手機鏡頭正對著她。

「妳，哪個分隊的？叫什麼名字？」黑衣人神色不善地逼問。

勤芬故意忽視他的存在，逕自將海報舉得更高，人也站得更挺直。

「說，哪個單位的？妳老闆是誰？」黑衣人問。

勤芬翻了翻白眼，笑嘻嘻對他說：「老娘，就是老闆。」

中年少女的祈禱

作　　者　海德薇
繪　　者　于小鷺
內文排版　菩薩蠻電腦科技有限公司
發 行 人　魏淑貞
出版發行　玉山社出版事業股份有限公司
地　　址　台北市 106 仁愛路四段 145 號 3 樓之 2
電　　話　(02)2775-3736
傳　　真　(02)2775-3776
電子郵件地址　service@tipi.com.tw
玉山社網站網址　https://www.tipi.com.tw
劃撥帳號　18599799 玉山社出版事業股份有限公司

副總編輯　蔡明雲
責任編輯　沈依靜
業務行政　李偉鳳
法律顧問　居安法律事務所魏千峯律師

初版一刷　2023 年 11 月
定　　價　新台幣 380 元

本書由 桃園市立圖書館 TAOYUAN PUBLIC LIBRARY 補助出版

Printed in Taiwan

國家圖書館出版品預行編目 (CIP) 資料
中年少女的祈禱/海德薇著. -- 初版. -- 臺北市 : 玉山社出版事業股份有限公司, 2023.11
286 面 ; 14.8×21 公分
ISBN 978-986-294-372-4(平裝)
863.57　　112016571